庫

32-471-1

人生処方詩集

エーリヒ・ケストナー作
小松太郎訳

岩波書店

Erich Kästner

DOKTOR ERICH KÄSTNERS LYRISCHE HAUSAPOTHEKE

1936

目次

挿絵＝エーリヒ・オーザー

SCHMIDT

人生処方詩集

序　文

わたしが今までに発表した詩と未発表の詩を抜粋して、手ごろな大きさで世におくることは、この本が出るよりもはるか以前から、わたしの計画していたことであった。精神的に利用しうる詩句を書くことは、かねてからわたしが努力してきたところであった。わたしは、個人的な気分や意見の発表に過ぎないような出版は、わたし自身の欲望に反して、いっさい、つねにさしひかえてきた。そして、すでに言ったように、数年以来この『抒情的家庭薬局』がわたしの頭の中に浮かんでいたのである。治療に役だつような一つの案内書。普通の内面生活の治療にささげられた一つの便覧。

頭痛のする者はピラミドンを服用する。胃のもたれる者は重曹《じゅうそう》を飲む。喉《のど》の痛いときはオキシフールでうがいをする。家庭薬局と呼ばれる小さな戸棚の中にはその他、人間をらくにするために、鎮静剤のバルドリアン、絆創膏《ばんそうこう》、コレラ滴薬、硼酸軟膏《ほうさんなんこう》、ハッカ、繃帯《ほうたい》、ヨードチンキや昇汞水《しょうこうすい》が警報発令状態で用意されている。しかし、どんな丸薬《がんやく》を飲んでも癒《なお》らない場合がある。

なぜなら家具つき貸間住まいのやるせないさびしさに苦しむ者や、冷たい、しめっぽい、灰白色《かいはくしょく》の秋の夜になやむ者は何を飲んだらいいのか。居ても立ってもいられない嫉《しっ》妬《と》におそわれた者は、どんな処方によったらいいのか。世の中がいやになった者は何でうがいをしたらいいのか。結婚生活に破綻《はたん》を生じた者にとって、なまぬるい罨法《あんぽう》がなんの役にたつか。電気ぶとんでどうしろというのか。

さびしさとか、失望とか、そういう心のなやみをやわらげるには、ほかの薬剤が必要である。そのうちの二、三をあげるなら、ユーモア、憤怒《ふんぬ》、無関心、皮肉、瞑想《めいそう》、それから誇張だ。これらは解熱剤である。それにしても、どの医者がそれを処方してくれるだろう。どの薬剤師がそれを瓶《びん》に入れてくれるか。

この本は私生活の治療にささげられたものである。大部分は類似療法の処方によって、大小さまざまの生活障害に対して調製されたものである。これは精神薬学に該当するものであり、当然「家庭薬局」と呼ばれるべきものである。(類似治療について、言っておかなければならないことは、榴弾《りゅうだん》をもって大ざっぱに的《まと》を狙《ねら》うよりも、一本の矢をもって黒星を射あてる方が一層有効だ、ということである。)

レッテルのない薬瓶についても一言《ひとこと》触れておく必要があるが――これも、薬瓶のないレッテルと同様に、役にたたない。使用法の書いてない、レッテルの貼ってない家庭薬局の中身のすべてに何の意義があるだろう。全然ない。家庭薬局は毒薬棚になるだろう。

それを考えてわたしは標語索引を編纂《へんさん》した。そして序文のつぎにこれをかかげることにした。内面生活のいろんな障害を和《やわ》らげたり、あるいは克服したくなったときには、読者諸君はいつでもこの索引を利用していただきたい。このカタログはAからZまであるが、不備な点はまぬかれない。このようなものをわずかな頁に一目瞭然と、もれなく分類しようとすれば、議論が百出するであろう。

しかし、とにかくこの索引の助けをかりれば、これらの韻を踏んだ処方と家庭薬は、大ていの場合、効を奏するであろう。この豆本をポケットに入れるといい。そしていざという場合に、これをとり出すといい。自分のなやみを他人に言わせるのは、いい気持ちのものである。言葉に表わすということは衛生的である。

それに他人もわれわれ自身とちがわない、われわれ自身より幸福に暮らしていない、ということを知るのは健康にいい。

また、たまには、自分の感じるのとまったく反対の気持ちを理解するのもなぐさめになる。

明確化、一般化、対照、こっけいな模倣、その他いろいろな尺度と感度のヴァリエーション、これらはすべて試験ずみの治療法である。そしてつぎの「使用法」では、それらの治療法が総動員され、訓練されている。

精神的浄化作用はその発見者（アリストテレスのこと）より古く、その註釈者《ちゅうしゃくしゃ》たちよりも有効である。

ねがわくは「抒情的家庭薬局」がその目的を果たさんことを。


では、服用していただきたい。

使用法（索引つき）

列車の譬喩《ひゆ》

ぼくらはみな　おなじ列車にこしかけ
時代をよこぎり　旅をしている
ぼくらはそとを見る　ぼくらは見あきた
ぼくらはみな　おなじ列車で走っている
そして　どこまでか　だれも知らない

となりの男は眠っている　もう一人はこぼしている
あとの一人はさかんにさえずっている
駅の名がアナウンスされる
歳月をよこぎって走る列車は
どうしても　目的地に着かぬ

ぼくらは荷をあける　ぼくらは荷づくりする
さっぱりわけがわからぬ
あすはどこに行っているやら
車掌がドアからのぞき
ひとり　にやにやしている

行くさきは　車掌も知らない
車掌は　なんにも言わず出ていく
そのとき汽笛が　かんだかな唸《うな》り声《ごえ》をあげる
列車は徐行して　とまる
死人が　いくたりか　おりる

子供がひとりおりる　母親が叫ぶ
死人は　無言で
過去のプラットホームに立っている
列車は駈《か》けつづける　時代をよこぎり　ひた走りに走る

なぜだか　だれも知らない
一等はほとんどがら明《あ》き
ふとった男がひとり　傲然《ごうぜん》と
赤いフラシ天にこしかけ　苦しげに息をしている
彼はひとりぼっちだ　そしてしみじみそのことを感じている
たいがいは木の上にこしかけている

ぼくらはみな　おなじ列車で旅をしている
現在は　希望をもって
ぼくらはそとを見る　ぼくらは見あきた
ぼくらはみな　おなじ列車にこしかけている
そして　大ぜいが　まちがった車室に

ホテルでの男声合唱

これはぼくの部屋であって　しかもぼくの部屋じゃない
ベッドが二つ　手をつないで立っている
ベッドが二つだ　一つしかいらないのに
だって　ぼくはまたひとりになったんだから

トランクがあくびしている　ぼくも疲れた気がする
きみは　ずいぶんちがった男のとこへ走った
ぼくはあの男をよく知っている　ぼくはきみのために無事を祈るよ
それから　もうすこしで祈るとこだ　きみがいつまでも着かないでくれたらと

ぼくはきみを行かせるんじゃなかった
(ぼくのためにじゃない　ぼくはよろこんで独りでいる)
しかしとにかく　女があやまちを犯したいときは

はたで邪魔してはいけない
世界はひろい　きみはそのなかで迷子になるだろう
ただねがわくは　あんまり遠く迷いこまぬように
ぼくは　今夜はよっぱらって
きみが幸福になるように　いささか祈ろう

臆せず悲しめ

悲しいときには　悲しめ
のべつ　きみのこころの見張りをするな
きみのだいじないのちに
かかわることもあるまい

堅信を受けたある少年の写真に添えて

いま彼は　おとなに変装して　ここに立っています
そして　無気味な気がしています
まるで　こまったような顔つき
うすうす　なくしたものに気がついているのかもしれません

はじめてはいた長ズボン
はじめて感じた糊《のり》づけのシャツ
はじめてとった贋《にせ》のポーズ
はじめて自分がよそのひとに見えました

心臓がハンマーでたたいているのがきこえます
立っていると何もかもしっくりしない感じです
未来は彼の骨の中に寝ています

まるでいなびかりでもしたような顔つきです
もっとくわしく説明ができるかもしれません
何がこの少年を苦しめているのか――
少年期が死んだのです　いま彼は喪に服し
黒い服を選んだのです

彼はその中間に立っているのです　そのかたわらに
彼はおとなでもありません　子供でもありません
今からいわゆる人生がはじまるのです
そしてあしたの朝そこへ足を踏みいれるのです

顔のうしろはだれも覗《のぞ》かない
（勇気のある者のためのテキスト）

きみがどんなに貧乏か　だれも知らない……

隣人たちは　かれら自身なやみをもっている
きみがどんな気持ちか
きみに訊《き》くひまがない
それに——訊かれたとして　きみは言うだろうか

きみはほほえみながら　なやみと重荷を
見えないように　背中にのせる
それでも痛くて　屈《かが》まずにいられない
そのうちきみはわらえなくなる
そしていちばんいいものは　おそらく一組の松葉杖だろう

ときどきだれかがじっときみを見る
そのうちきみは　慰めてくれるのかと思う
それでも　きみを慰めることができないので
それから　かれは地面に首を垂れる
そして大ぜいの群衆と　また行ってしまう

それでも　きみは厭世家《えんせいか》になってはいけない
だれかがきみと話をするときには　わらうのだ
顔のうしろはだれも覗かない
きみがどんなに貧乏か　だれも知らない
（さいわい　きみ自身もそれを知らない）

顔のうしろはだれも覗かない
（小心者のためのテキスト）

きみがどんなに金持ちか　だれも知らない……
むろん　有価証券のことではない
別荘や　自動車や　ピアノや
その他の　ひどく高価なもののことでもない
わたしがここで富《とみ》というのは

今わたしが推賞したいのは　税金のかかる
目に見える富ではない
たとえ　開平《かいへい》をしても
計算のできない　数値がある
泥棒もこの富を盗むことはできない

忍耐はそういう財宝だ
あるいはユーモアとか　親切とか
そういったすべての気質が
それというのも　心にはたくさん場所があるから
そして魔法の紙袋のようなものだから

この気持ちがどんな富貴《ふうき》を約束するか
完全にそれを忘れた者だけが　貧乏なのだ
顔のうしろはだれも覗かない
きみがどんな金持ちか　だれも知らない……

（ともすれば　きみ自身もそれを知らない）

努力家

若年から　老年まで
死ぬほどの忍耐と　股《また》の力で
彼はペン軸にしがみつき　よじ登る
ほかにすることがないので
祖先たちは　原始林を　よじ登った
彼は　文化の森の猿だ

墓場の老女

彼女は　お迎えを待っているらしい
毎日ここに来て
日ぐれまで　墓地にこしかけている

まるで　家にでもいるように

すべての墓碑を彼女は知っている
四つ目垣の柱の　一つ一つを
そして日ぐれまで　ひとりでしゃがんでいる
彼女自身の墓のそばに

陰気な讃美歌が　風に散らされている
泣いている人たちが
新しい墓の前に立ち
感慨ふかく灰いろの並木道を歩いている

老女は　身うごきもせずに　こしかけている
彼女は悲しんでいない　そして信仰はない
彼女はしゃがんで　黙っている　そして毎日
「お迎えよ　さあ来ておくれ」と　祈っている

感情の反復

ある日　彼女がまたやって来た……
そして　せんより顔いろがずっとわるいわと言った
それから彼が彼女を見やると
わたしはせんほど元気じゃないわ　と言った

あしたの晩は　また　わたしでかけるの
アルゴイか　チロルへ
はじめは　のべつ　はしゃいでいた
あとで彼女は　気分がわるいと言った

そして彼は　ものうげに彼女の髪を撫《な》でた
しまいに「泣いてるの」と　控えめに訊《き》いた
そして彼らは　むかしを　思いだした

そして　しまいに　いつかのようになった

あくる日　目がさめると
彼らは　今までになく　よそよそしかった
そして　しゃべるか笑うかするたびに
彼らは嘘《うそ》をついた

それから　日がくれると　彼女は発《た》たなければならなかった
そして彼らは　お別れに手を振った　しかし手を振っただけだった
彼らの心は　列車がアルゴイにむかって走る
線路の上にあったので

偶然による残高

彼は金をもっていた　そして飲み食いした
彼がこしかけているホテルで

いちばん高い　上等のものを
彼は　いいきげんだった　そして飲み食いした
そして給仕たちや　客たちに
グラスを上げて　会釈《えしゃく》した

そばに立っていた花売りの
おばさんの手から花をとり
二枚の札《さつ》で　払いをした
ばらは紅《あか》くて　冷たかった
彼は　三十マルクよけいやった
すると　おばさんは泣きだした

六人組の管絃楽団は
彼から　二百マルクうけとった
もう　たいして　演奏はできなかった
ボーイたちや　ピッコロたち

淫売《いんばい》たちや　ヒモたちにも
見さかいなしに　くれてやった

勘定書には目もくれず
札を何枚かほうりだし
それから　食堂をあとにした
ダンサーたちや　ボーイたちや　給仕たちが
感嘆して　ぞろぞろついて来た
それほどみんなからしたわれた

彼はよろこんで「もういいよ」と言った
それから　外套《がいとう》と帽子を　手にとった
そのとき　預り所のおばさんが　叫んだ
「お召し物の保管料を
三十ペニヒいただきます
あら　払わないの　ずいぶんだわ」

そのとき彼は立ちどまった　そのとき彼は笑って
金をさがしたが　もうなかった
そしておばさんに　一文《いちもん》もやれなかった
花売りのおばさんも　ヒモたちも
給仕も　ボーイも　ピッコロたちも
他人のようにそばに立っていた

彼は　懇願《こんがん》するように　見まわした
みんな　つんとして　押し黙って立っていた
あたりに彼なんかいないように
そのとき彼は　いそいで外套をぬぎ
おばさんにわたして　ホテルを出た
そして　ただ思った「まあいいや」

これが運命だ

これが運命だ
妊娠と
葬式のあいだに
あるものは　悩みだけ

たまたまもの干し場に出あって

こういう場所はおたがいに　なんとよく似ていることか
おたがいになんと近しい同族なのだろう
棒　ひも　洗たく物　洗たく物ばさみ　風
そして漂白につかう七束の草
これを見ると　だれでも　子供にかえる

あれを思いだすと　愉快でたまらない
ぼくが車の後押しをした　そして母がひっぱった
あんまり洗たく物が重いので　ぼくはうんうんうなった
駅のすぐ前から菜園に曲がる
あの細道はなんていったっけ

あそこに　ぼくのいう原っぱがあった
あそこでぼくたちはベンチにかごをおろし
縦横に張ったもの干し縄に
うちの洗たく物戸棚をそっくり吊った
そして　風と洗たく物がけんかをした

ぼくは草の中に坐った　母はうちへ帰った
洗たく物は　白い天幕のように　なみうった
それから母が　コーヒーとお金をもって来た
ぼくは　この　ほとんどふしぎなような世界で

お昼休みをするために　お菓子を買った

あっちこっちでワイシャツがぱたぱたした
おりて来て　いっしょに食べようとでもするように
陽《ひ》がかがやいていた　靴下が重そうにぶら下がっていた
ああ　ぼくは　何もかも思いだす
とてもはっきり　そして一生わすれないだろう

顔を交換する夢

いま話そうとする夢を　ぼくが見ていると
何千という人間が　その家へおしかけた
そして　まるで　だれかに命じられたように
そして　だれもが　自分の顔にうんざりしたように
みんなが顔をぬいだ

引っ越しのとき壁の画《え》をはずすように
ぼくたちは　ぼくたちの顔をはずした
それから　それを　両手に持った
舞踏会のあとで仮面を持つみたいに
しかし　はなやかではなかった　その場所は

目もない　口もない　影法師のようにずんべらぼうなのが
みんな　となりへ手をのばした
もういちど顔ができるまで
手ばやく　音もなく　とりかえっこがおこなわれた
見つかりしだい　ひとのやつを取った

急におとなが子供の顔になった
女の顔にひげが生《は》えた
老婆がめかけのようににっこりした
それからみんな駈《か》けだした　ぼくもいっしょに鏡の前へ

しかし　ぼくにはぼくが見えなかった

ますます奪い合いがひどくなった
ひとりが自分の顔を見つけた
大声をあげて　さんざん　彼は人ごみを押しわけた
そして　さんざん　自分の顔を追いかけた
それでも　やっぱり見つからなかった　顔はかくれたままだった

ぼくはあの長いお下げの子供だったのか
ぼくはあそこにいる赤毛の女だったのか
ぼくはあの禿《は》げ頭《あたま》のどれかだったのか
ごちゃまぜになった人間の中には
ぼく自身だった人間は全然見えなかった

そのとき　ぞっとして　ぼくは目をさました　寒かった
だれかがぼくの髪をむしっていた

指がぼくの口と耳をもみくしゃにした
怖《おそ》ろしさがうすらぐと　ぼくはわかった
それは　ぼく自身の手だった

完全に安心したわけでは　むろん　ない
ぼくは　ぼくとかかわりのない顔をしていないか
急に跳《は》ね起き　あかりをともし
鏡に駈けより　顔をながめ
あかりを消し　ほっとしてベッドにはいった

倫　理

実行しなければ
差はない

給仕のクリスマス前夜

彼は　あらゆる世間に背を向けている
そして何を見ても目に映らない
それから　彼は　うつむきながらつぶやく
「ああ　めでたい　クリスマス」

店には客が二人きり
(彼らも　うれしそうな顔はしていない)
そして給仕は時間をかぞえる
いくらなんでも　まだうちへは帰れない

まだひとりぐらい来るかもしれないから
クリスマス・ツリーのない者が
だが　このお祭り日に　いつものように

だれがひとりぼっちでいるだろう
いまごろ街をぶらついて
他人の窓の前に立つくらいなら
ここでずっと給仕をやり
夜中にうちへ帰るほうが　いくらましかしれぬ

人類の発達

むかし　やつらは毛むくじゃらで　兇悪《きょうあく》なつら構えで
木の上にしゃがんでいた
そのうち彼らは原始林からおびき出され
地上をアスファルト化して
三十階まで積みあげた

その後　そこで　蚤《のみ》にもくわれず

中央暖房であたためた部屋にすわっていた
いまは　そこで　電話をかけている
そして　いまだに　木の上にいたあの頃と
そっくりおなじ調子でやっている

彼らは遠くを聴く　彼らは遠くを見る
彼らは宇宙と接触をたもつ
彼らは歯をみがく　彼らは現代的に生きる
地球はおびただしい水道をもった
文化的な星だ

彼らは　郵便物を管で発射する
彼らは　微生物を追求し　培養する
彼らは　自然に　あらゆる快適な設備を施す
彼らは　垂直に天へ翔《か》けあがる
そして二週間も上へあがったままでいる

じぶんたちの消化にあまるものを
彼らは　加工して綿にする
彼らは　原子を分裂させる　彼らは　近親相姦を矯正《きょうせい》する
また彼らは　文体の研究によって
シーザーが扁平足《へんぺいそく》であったことを　発見する

かくて　彼らは　頭脳と言葉によって
人類を進歩させた
しかし　いったん目を転じて
明かるみでながめると　けっきょく
いまだに　むかしの猿だ

他郷にでもいるような

彼は　大きなベルリンのまちで

小さなテーブルのそばにこしをかけていた
たとえ彼がいなかったとしても　まちは大きかった
彼なんかいなくっても　困りそうに見えなかった
ぐるりはびろうどずくめだった

客は　手がとどくほどそばにこしをかけていた
それでも　彼はひとりぼっちだった
そして鏡の中を見ると
そこに　もういちど　彼らがこしをかけていた
さもあたりまえといった顔をして

ホールは　あかりのために青ざめ
香水とパンの匂いがしていた
彼は　真剣に　一つずつ顔を見ていった
目にはいるものは　みんな気にいらなかった
彼は　悄然《しょうぜん》として　目をそらした

彼は　白いテーブル・クロースの　しわをのばした
そして　グラスの中を　じっと見た
ほとんど　生きることがいやになった
このまちにしょんぼりこしをかけて
何をしようというのか

そこで　彼は　ベルリンのまちで
小さなテーブルから立ち上がった
彼を知っている者は　一人もいなかった
そこで　彼は　帽子をぬぎはじめた
必要は発明の母

夜会服の怪物へ

いつも　おまえさんの前にくると　ついおじぎをしてしまう

そのくせ　ぼくたちは　知りあいじゃない
もちろん　ぼくがおじぎをするのは全然　おまえさんの顔にむかってじゃない
おまえさんの背なかにむかってだ

骨とあばらがまる裸で
ときによると　皮膚さえない
あんまりとんがって　とびだしているので
前で目をあけるのが　気味がわるい

いったい　おまえさんの足場は　どこまでつづいてるんだ
おまけに　全区間　むきだしで
ずうっと下へいって　はじめて　カーヴしている
そして　運のいいことに　おまえさんはそこにこしかけてる

短いセーターを一枚　奮発しておくべきだったな
おまえさんは怪物だよ　最初から

神が怒って　おまえさんを打ちすえた
いっとうたくさん打《ぶ》ったのは　やっぱり　おまえさんの尻《しり》だった

おまえさんの　みどりの捲《ま》き毛《げ》を見ると
そうでなくったって明瞭だ
おまえさんが　最良の衰頽期《すいたいき》にあることが
そして夜中に　いたずらに　欲望をおこすことが

ごめん
人間　齢《とし》をとると　美しくはならない
異論をとなえるやつがいたら　まちがいだ
それにしても　子供の時分から　たしかにおまえさんは　へどのでるような
　やつだった

何か着るがいい　ばか者
ホール中が　更年期でいっぱいだ

ところが　そんなのがあるのだ　そんなのを称して
比較的若い男の休養　という

自殺戒

きみにこの忠告をあたえたい
もしきみがピストルに手を伸ばし
頭をつきだし　かけがねに手でも触れたら
ただではおかない

教授たちの教えを
もういちど　おさらいするのか
善人はまれで
犬畜生は大ぜいいる　と
また　あのレコードの文句かい

貧乏人がいる　そして金持ちがいる　と
このやろう　たとえ棺の中であろうと
きみの死体をぶんなぐってやりたい

きみの近況なんか　どうだっていい
そんなカビの生《は》えたたわごとは　よしたまえ
世の中がばかげてることは
少年でも否定しない

なんとかして　全人類を改善すること
これがきみの計画ではなかったのか
あしたになれば　きみはそれを笑うだろう
しかし　彼らを改善することはできるのだ

そうだ　大がいの人間と　有力者は
悪人で愚昧《ぐまい》だ

しかし　すねた男みたいな面《つら》をするのは　よせ
生きながらえて　やつらを　くやしがらせろ

スポーツ

リューベック・スイス横断競走のアナウンス
「走者たちは毎日十時間ずつ練習しています
彼らは百メートル進むのに約マイナス十四時間かかります
先頭の一群は今朝《けさ》すでに
一九一九年へ消え去りました」

彼は彼女を愛しているのか　彼にはわからない

ぼくたちは自分のこころを責めるべきか「こころよもっと大きな声で」と
なぜなら　急にその声がかすかになったから
むかしは大きな声でぼくたちに話したのに　もっとうちとけて聞こえたのに

いまは　ささやくだけで　聞きとれぬ

こころは何を望むのか　こころがそれを知っていれば
きっと　ぼくたちにわかるように　大きな声で話すにちがいないのだが
そのときは　きっと　言いぶんがとおるまで叫ぶにちがいないのだが
こんなに声がかすかなのは　何をこころは望むのか

子供たちが望む　いちばんすばらしいもの
彼らはほとんど　それを口にだすだけの勇気がない
子供たちが望む　いちばんすばらしいもの
彼らは　それを　母親の耳にささやくだけだ……

こころも　そのように　叫ぶのをはにかむのか
こころもいちばんすばらしいものを望むのか
こころが「いいえ《ナイン》」と叫ぶのか
ぼくたちは　こころを創った神々を　うらみに思わねばならぬ

洗濯婦の手について

もっとはなやかな手はある
もっと美しい手はある
しかし　あなたがたがここに見るのは
家庭用の手だ

ラックも　やすりも　知らない
ピアノを弾《ひ》いたこともない
それらは　娯楽用でなく
むしろ　洗濯用の手だ

それらは　おたがいを　洗いあうだけでなく
他人が身につけた下着類を
せっせと洗って

また　白くする

ラヴェンダーのかおりはせず
灰汁《あく》と塩素のにおいがする
しぼったり　こすったり　あくせく働いて
そんなものは気にもかけない

肌は赤らみ　ひびがきれ
感じはなくなって　ガサガサだ
そして　だれかをさするときは
じかにさすった気がしない

もっとはなやかな手はある
もっと美しい手はある
しかし　あなたがここに見るのは
家庭専用の手だ

森は黙っている

季節は　森を　さまよう
目には見えない　葉の中にそれを読むだけだ
季節は　野を　放浪する
ひとは　日をかぞえる　そして金をかぞえる
ひとは　都会のそうぞうしさから　逃げだしたくなる

海なす甍《いらか》は　煉瓦《れんが》いろに波だち
空には霧がたちこめ　さながら灰いろの布《きれ》でできたよう
ひとは　畑と　厩《うまや》を
みどりの池と　鱒《ます》を　夢みる
そして　静かなところへ行きたくなる

こころは　街をうろつくので　猫背になる

木々とは　兄弟のように　話ができる
ひとは　そこで　こころを交換する
森は黙っている　しかし　啞ではない
そして　だれが来ても　ひとりずつ慰めてくれる

ひとは逃げる　オフィスから　工場から
行くさきはかまわない　地球はとにかくまるい
草が知人のようにうなずくところ
そして　蜘蛛《くも》が絹の靴下を編むところ
そこで　ひとは健康になる

ある心臓病患者の日記

最初のドクトルは言った
「あなたの心臓は左へひろがっています」
ふたり目のドクトルは嘆息した

「あなたの心臓は右へひろがっています」
三人目は真剣な顔をして
「あなたの心臓はひろがっていません」と言った
まあ　いいさ

四人目のドクトルは嘆息した
「心臓の弁膜が弱っています」
五人目のドクトルは言った
「弁膜は完全に健康です」
六人目は目をまるくして
「あなたは心尖搏動《しんせんはくどう》にかかっています」と言った
まあ　いいさ

七人目のドクトルは嘆息した
「心臓の外形が僧帽状をしています」
八人目のドクトルは言った

「あなたのレントゲン写真は完全に正常《ノルマル》です」
九人目のドクトルは驚いて言った
「あなたの心臓は四十五分おくれています」
まあ　いいさ

ところで　十人目のドクトルがなんと言ったか
残念ながら　わたしには言えない
なぜなら　十人目にはまだ行っていないから
こんどは彼に訊《き》いてみよう
九人の診断はまちがいかもしれない
だが　十人目はきっと当たるだろう
まあ　いいさ

ヴァイオリン弾《ひ》きの悩み

ああ　おれのベッドで寝られると　うれしいのだが

毎晩　ヒルデガルトは　ひとり寝だ
おれの弓《きゅう》に歯があったら
ヴァイオリンをずたずたに挽《ひ》いてやるんだが

あいつがなにをしてるか　ひと晩も　おれは知らない
毎晩　おれは　ここに立って弾いている
あいつが言うように　うちにいるんだか　いないんだか
不良な女がずいぶん多いから

クラウゼのやつ　やけにピアノをたたいてる
おれがふいにいなくなったら　どんなに　やつら　おどろくか
安心しな　おやじさん　おれは行っちまやしない
背中が曲がるまで　おれは弾いて　唄《うた》うよ

「ドイツ娘はいちばんすてき
ヒップ　ヒップ　フレー

金髪のドイツ娘のところには
なんでも　なんでも　ないものはない」

おれはあいつを本気にしない　あいつはでたらめ言っている　おれは証拠を握ってる
ああ　あいつが嘘《うそ》をつくときは　とても正直そうな顔をする
おれは　監獄にいるように　この上に立っている
おれは稼がなきゃならない　だからうちへ帰れない

いつか　おれは　ヴァイオリンを　くるむ
これがおれの唯一の荷物だから
クラウゼはピアノを弾いている　だが　おれは
　さっさと
舞台をおりて　ずらかる
それでも　客と　おやじさんと　クラウゼは
おれがそとへ出るまで　黙ってるだろう

それから　見ると　あいつは家にいない
それから　おれは　どこへ行けばいいか

ハムレットの亡霊

グスタフ・レナーは　たしかに
トゲンブルク市立劇場の　一流の俳優だった
みんな　彼の品行方正を　知っていた
みんな　ふけ役の名優として彼を　知っていた

みんな　彼をほめた　その道の大家さえ
そして　淑女たちは　彼がまだすんなりしているとさえ　感じた
ただ　残念なことに　グスタフ・レナーは
金があると　ひどく　酔っぱらった

ある夜　ハムレットをやったとき

彼は　ハムレットの父親の亡霊になった
なんと　彼は　墓場を酔っぱらって出た
そして　ばかのかぎりを演じた

ハムレットはひどく狼狽《ろうばい》した
亡霊が　まるっきり　役を忘れてしまったので
そして　場面が　はしょられた
レナーは訊《き》いた　おれにどうしろって言うんだい

舞台裏では　一座の者が
彼の酔いをさまそうとして
ながながとねかせて　枕をあたえた
たちまち彼は　寝てしまった

こんどは　同僚たちがまちがいなく演じた
なぜなら　彼は眠っていて　しばらく邪魔をしなかったから

それでも　やっぱり　やって来た　しかも
全然　彼の出場でない　つぎの幕に

亡霊は　彼の妻の足を踏み
息子の刀をへし折った
そしてオフェリアと　ブルースを踊った
そして　王を　客席に投げとばした

みんな　おそれて　逃げだした
見物は　そんなことには　むとんじゃく
こんなにさかんな大喝采《だいかっさい》は
トゲンブルクはじまって以来のことだった

そして　大がいのトゲンブルク市民は
やっと　この芝居が　わかった気がした

センチメンタルな旅行

ああ　やりきれない　独りぼっち
見るもの　聞くもの　勝手がちがう
そして　靴の中には　石っころ
そして　ワイシャツの下には　早くも　小さな
ホームシックを感ずる

教わったとおり　見物し
めったやたらに　乗り回る
これはこれはと　感心はするが
心がよそに賃貸ししてあるので
退屈しのぎになるばかり

いいかげんに一人ぐらい　だれか挨拶《あいさつ》してくれるといいのだが

手紙だけでなく　きみたちが　出かけて来てくれると
なにしろ　沙漠《さばく》に立ってるみたいに　口あけて
いもしない神の　ブロンズの胸像に
ポカンと見とれているのでは

望みによっては　もちろん
まるっきり別な胸像を　見ることもできる
（入場料ひきかえに　まさか　そんな不名誉なことは）
思案のあげく　それはやめにする
ほかにもたくさん　見たいものがあったけど

さよう　この世は公園さながら
約束でもしたように　待っている
しかし　いくら待っても　待ちぼうけ
それから　あとで　絵はがきを書く
当地は大いに気に入り申し候《そうろう》と

夜は　窓から　首をのばし
阿呆《あほう》のように　頭をかがめ
メス猫たちの　泣くのを聞く
そして翌朝は　みごと
気管支カタルに罹《かか》る

めっぽう育ちのいい淑女たち

彼女たちは　胸部《バスト》と　鼻を　はこんでいる
おなじ歩幅《ほはば》と　歩調で
たいそうなよやかに　路《みち》を歩いていく
まるで　ビスケットでできているように
彼女たちには　冗談ができない
まるで　花瓶《かびん》をはこんでいるようなものだから
ただ　なにではこんでいるか　自分で知らないだけ

一時間ごとに　彼女たちは　入浴しているらしい
そして　痩《や》せても　ふとってもいない
ふくらはぎに　コンクリートをもっている
目には　なかば凍ったものを
ひとは　彼女たちを　旅の妖精だと思う
しかし　それは　証明できない
亭主は　工場を一つもっている

彼女たちは　秘密なレールの上を走っている
ひとは　彼女たちを　避けるほうがいい
彼女たちは　ひどくしゃちこばった顔を
旗ざおのように　つきだしている
ひとは　まったく　了解にくるしむ
なぜ　あんなに　人に咬《か》みつくのか
うちにいても　そとにいても

ひとは思うかもしれない　彼女たちは
帽子と　外套《がいとう》を　着たままベッドにはいるのだと
そして　横になるかわりに　立ったまま眠るのだと
そして　便器の上で恥ずかしがるのだと
ひとは思うかもしれない　彼女たちは
男を　ひとり残らず　銃殺させ
そのうえ　骸骨《がいこつ》になるまで絞るのだと

かくて　彼女たちは　人びとのあいだを　かろやかな足どりで歩いていく
まるで　誂《あつら》え仕立ての女王たちのように
しかし　そんなことは　問題ではない
むろん　彼女たちは　けっしてガラス製ではない
ひとは　彼女たちを　ほかの女たちとおなじように
誘惑することも　理解することも　ぶんなぐることもできるのだ
彼女たちがお上品ぶっているのは　ただ　冗談にすぎないのだから

安楽椅子《あんらくいす》の引っ越し

一台の荷馬車に　きょう　出遇《であ》った
それには　家具がいっぱい　積んであった
持ち主は　いちばん高いものでないと　気にいらぬ
そんな人間らしかった

のろのろした駄馬たちが重い椅子と
テーブルと　戸棚を　ひっぱっていた　そして駁者《ぎょしゃ》が口笛を吹いていた
そして　車は　破損したぼろ船のように
雑沓《ざっとう》の中を　這《は》っていった

車の上では　二つの　皮の安楽椅子に
くたくたに疲れた引っ越し人夫が二人　こしをかけ
夢みる人のようなかっこうで

手に葉巻《シガー》をもっていた

きっと　彼らは　伯爵になって
遊山《ゆさん》にいく夢を見ていたのかもしれぬ
だが　そのとき　車がとまり　そのりっぱな老紳士たちが
奴隷のように
よその家の家具を　よその家に　重そうに搬《はこ》んでいった

警 告

理想をもつ人間は
それに到達しないように　用心せよ
さもないと　いつか　彼は
自分自身に似るかわりに　他人に似るだろう

従兄《いとこ》の隅窓《すみまど》

（E. T. A. Hoffmann に捧ぐ）

彼は　楼上《ろうじょう》たかく　張りだし窓にすわり
おのれに並ぶ者を　知らぬ
これほど高みを望みはしなかった
しかも　達したのだ

彼は　再生を信じない
（たとえ蝶《ちょう》としてさえも）
高みに達したときから
もはや　彼の家には　ドアがない
教会の塔のかなたに燃える
おそい夕焼けを　彼は愛する

生と　死を　彼は愛する
そして　その二つをわかつものを

窓は　つぎつぎに　風景を彼にしめす
そして　それらの風景を　額縁にはめる
彼は　その前にすわり　おだやかに　ほほえむ
そして　傷心することを　好まぬ

彼はほほえむ　きみたちが幸福だから
ただ　ときとして　彼はささやく
「ああ　この　時の流れが
どこか　大海にそそがぬものか」

運命は彼をわすれたにもかかわらず
彼は　とっくに　それを赦《ゆる》している
彼を羨《うらや》むがいい　彼を軽蔑《けいべつ》するがいい

それは　彼にとって　なんの尺度でもない

見つかった十ペニヒ玉

おれは　十ペニヒ玉の前にひざを折り
それを手にとる
ああ　これがもし十マルク札であったなら
金に言ってきかせてもわからない

ひとの話じゃ　自分の金を
窓から投げるひとがいるそうな
知らまほしきはそのゆくえ
軒なみ　家の前を見て歩く

窓からそとへ飛ぶ金の
落ちゆくさきを　だれが知ろう

路《みち》にころがっている金は
かなりまばらに蒔《ま》いてある
おれはできるだけひくく腰を折る
わが子よ　こうしていると　おれは
十ペニヒ玉に　お祈りしてるような気持ちになる
おまえの親は貧乏だ　ごめんよ

現代美術展覧会

サロンの中に　あっちこっち　ひとが立っています
みなさんは　これを　めずらしいことだとお思いですか
これは　全然　見物人ではないのです
これは　画家自身なのです

養老院

ここは　老人たちの寄宿舎だ
ここでは　みんながひまだ
人生の旅の終着駅も
もう　遠くない

きのうは　子供の靴をはき
きょうは　ここの家の前にすわっている
あすは　永遠の休息《いこい》のために
彼岸《ひがん》に　出発する

ああ　一生はいかに長くとも
過ぎ去るのは　つかのま
たったいま　はじまったばかりではなかったか

もう　終わったのだ

ここに　休息のためにすわっている　老人たちは
何はさておき　一つのことを知っている
ここは　最後のてまえの　最後の駅だということを
その中間に　駅はない

即物的な物語詩

おたがいを知って　八年目に
（よく知っていたと言っていい）
急に　ふたりの愛情が　なくなった
ほかの人たちが　帽子か　ステッキを　なくすように
ふたりは　悲しみ　陽気にだましあった
何ごともなかったように　キッスをしてみた

そして　顔を見あわせ　途方にくれた
そのとき　とうとう　彼女が泣いた　彼はそばに立っていた

窓から　汽船に　合図ができた
彼は言った　もう四時十五分過ぎだよ
どこかでコーヒーを飲む時間だ
隣りで　だれか　ピアノのけいこをしていた

彼らは　その町の　いちばん小さなカフェーへ出かけた
そして　彼らのコーヒー茶碗を　かきまわした
夕方になっても　まだそこにいた
彼らは　ふたりきりで坐っていた　そして　全然　口をきかなかった
そして　まるっきり　そのわけが　わからなかった

リュクサンブール公園

この公園は　天国のまぢかにある
そして　それを知っているかのように　花が咲いている
小さな男の子たちが　大きな輪をころがし
小さな女の子たちが　大きなリボンをつけている
何をさけんでいるのか　よくわからない
なぜなら　ここは外国の　パリという都なので

ここにいると　ひとはみな　謹厳な紳士たちさえ
地球が一つの星だ　と感じる
そして子供たちは　かわいらしい名まえをもっていて
ほとんど　広告で見るように　きれいだ
石像さえも　（たいがいは淑女たちだが）
（ゆるされさえすれば）　わらいそうだ

どよめきと　歓呼が　風とともにとおり過ぎる
音楽のようだ　そのくせ　ただの騒音にすぎない

びっくりするので　まりが　跳《は》ね上がって逃げる
はしゃいだ小犬が　一匹　ふざけている
ニグロの少年たちは　かくれなきゃならない
ほかの少年たちは　お巡《まわ》りさんだ

母親たちは　読んでいる　それとも夢を見ているのか
そして　誰かが泣くと　とび上がる
すらりとしたお嬢さんたちが　路《みち》を歩いてくる
みんな　若い　そして　この大ぜいの子宝を見て
ひどくはにかみ　頭がボオッとする
そして　それから　なんだか怖《こわ》くなる

だれでも知っているかなしみ

はじめから　どうなるかわかっている
あしたの朝までは　絶対に　元気が出ない

このうえ　いくら酔っぱらっても
このにがい味は　喉《のど》を　とおりこさぬ

全然　なんの理由もなく　来ては去る　このかなしみ
そして　心をみたすものは　むなしさばかり
病気ではない　さりとて　健康でもない
まるで　こころが　すこし吐きけをもよおしている　とでもいったふうだ

独りになりたい　さりとてまた　なりたくない
手をあげて　めちゃくちゃに　自分をひっぱたきたくなる
鏡の前で　これがてめえのつらか　と考える
ああ　どの仕立屋も　こんな皺《しわ》にアイロンはかけられぬ

もしかしたら　情緒の関節を外したのではあるまいか
星が　突然　ソバカスに見える
病気ではない　ただ　しゃくにさわるだけだ

そして　なにごとによらず　問題にならぬ気がする

いなくなりたい　さりとて　かくれ場所は見あたらぬ
葬られでもせぬかぎりは
どこをながめても　黒点ができる
死んでしまいたい　さもなくば　休暇がほしい

このかなしみは　まもなく　消えてなくなるのがわかっている
くるたびに　いつも消えた
ある時はおれたちが下になり　ある時は上になる
こころは　そのつど　おとなしくなる

ひとりはうなずいて言う　「人生とはそんなものさ」
もうひとりは　頭をゆすぶって　泣く
地球はまるい　それにくらべれば　おれたちはすんなりしている
それは　なぐさめにもならぬ　そんなつもりで言ったんじゃない

いわゆる知恵のない女たち

チェッ　見ただけでぞっとしないか
いくらはやりだからといって　知恵のない女たちが
いきなり爪を赤く染める
爪を噛《か》み切ることが　はやりになれば
でなければ　金槌《かなづち》でたたいて　青痣《あおあざ》をつくることが
彼女たちもそれをやる　そして　半死半生でうれしがる

乳房を染めることが　はやりになれば
あるいは　それがない場合は　お腹《なか》を染めることが
子供として死ぬことが　はやりになれば
でなければ両手を　手袋のようになるまで　ナメすことが
彼女たちもそれをやる

からだに墨を塗ることが　はやりになれば——
頭の狂ったがちょうどもが　パリで
支那ちりめんのように　肌をしわしわにすることが
よつんばいになって　市《まち》なかを横ぎることが　はやりになれば
彼女たちもそれをやる

人工世界語《ヴォラピューク》を習うことが　必要だとなれば
鼻の孔《あな》を縫いあわせ
頭蓋骨《ずがいこつ》の　天井をはずし
街灯のそばで　片足をあげることが——
あすは　彼女たちのとこで　それが見られるだろう

さながら　天使の翼で翔《か》けるように
いつも　手あたりしだいの　汚物の上に　飛んでいくのだから
自分のすねにさえ　アイロンをあてるだろう
何かが　はやりだと　聞いたら

こんりんざい　彼女たちを　引きとめることはできない
低能になることが　はやってくれたら
なにしろその点では　彼女たちは　たいしたものだから
これらの　ヒキガエルたちの　孔という孔を
ひとつひとつ　ハンダづけすることが　はやってくれたら
なぜなら　そのときこそ　やっと　ぼくらは彼女たちから解放されるだろう

マッチ売りの少年

マッチ　マッチを買ってください
三箱で　二十ペニヒ
みんな　買うかわりに笑う
さもなきゃ　怒って
ぶつくさ言いながら　どんどん　行ってしまう

きみたちが　知ってたら……
マッチ　マッチを買ってください
三箱で　二十ペニヒ

パパは　十マルク　補助金をもらってる
そして　ママは　やせこけた頬《ほお》を
ぼくたちは　一部屋借りている　共同炊事場つきの
でも　炊事場は　まるっきり　つかわない

きのう　パパは　ビールを飲んだ
ママは　いっしょに飲みたくなかった
パパは歌った　「われらの生活は自由」
そして　そのあとで　窓をぶっこわした
マッチ　マッチを買ってください

三箱で　二十ペニヒ

ぼくのボール函《ばこ》は　からにならない
おまけに　作文を　まだ　書かなきゃ
こんなに　くたびれてさえいなきゃなあ
マッチを買ってください　笑わないで

黒と茶の　靴ひもなら
もちろん　もっともうかるんだけど
でも　それだと　はじめに　三マルクいる
どこから　そのお金を　もってくるんだい

マッチ　黒と茶の　マッチ
三組で　二十……

待ちかねた春が来た

なるほど　そうだ　春が来ているのだ
木々は　だらりと　枝を垂れ　窓は　おどろいている
空気はやわらかい　まるで　綿毛でできているよう
そして　ほかのことは　みんな　どうでもいい

今は　すべてのオス犬に　花嫁が必要だ
そして　ポーニ・ヒューチヘンは　わたしに言った
太陽には　ちいさな　温かい手があって
その手であたしの肌を　這《は》いまわるのよ

門番たちは　誇らかに　家の前に立ち
ひとは　またしても　カフェーのテラスにこしをかけ
もはや　寒さを感じない　そして　堂々と姿を見せることができる

小さな子供たちのいる者は　郊外につれて出る
たいがいのお嬢さんたちは　ひざに　ちからがない
そして　甘いクリームが　血管を　流れている
空には　ピカピカの飛行機が　踊っている
ひとは　うきうきする　そして　なぜだか知らない

よろしく　また　散歩に出るべしだ
青も　赤も　緑も　すっかり　色があせてしまった
春だ　地上が　新規に　塗りかえられるのだ
人間は　ほほえむ　おたがいが　理解しあうまで

こころは竹馬にのり　まちを　歩く
バルコニーには　チョッキを着ていない男たちが　立ち
木箱に　たがらしを　蒔《ま》いている
あんな木箱のあるやつは　しあわせだ

庭は　もはや　見かけが　裸なだけ
太陽は　暖房して　冬に復讐《ふくしゅう》する
毎年　おなじことながら
さすがに　いつも　初めてのようだ

合成人間

ブムケ教授は　最近　人間を発明した
カタログによると　かなり高価だが
それにしても　わずか七時間で　製造ができる
おまけに　それは　できあがり品として　生まれるのだ
こういう長所は　過小評価なすってはいけません
ブムケ教授は　わたしに　すべて　説明してくれた
わたしは　最初の言葉と　文句を　聞いただけで

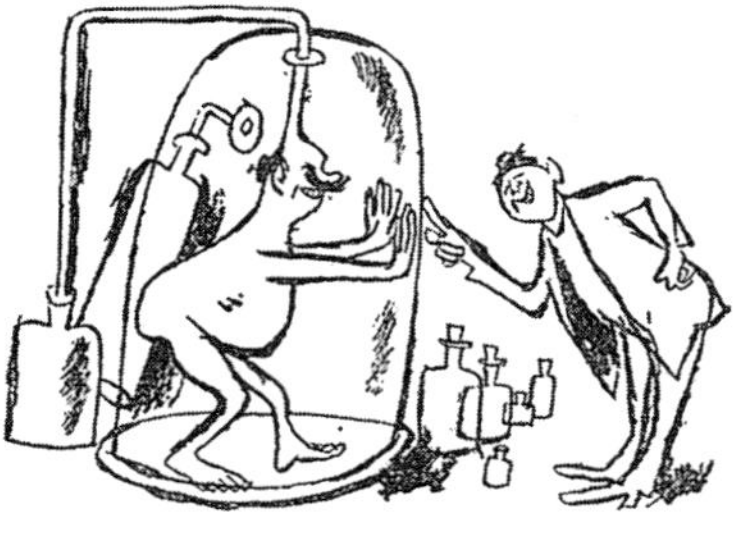

ブムケの人間は　値段だけの値うちはある　と　気がついた

彼らは　性別にしたがって　ひげとか　乳房とかいった
付属品を　ぜんぶ　つけて生まれる
幼年期や青年期は時間つぶしにすぎません
なるほど　それにちがいない

ブムケ教授は言った　たとえば　弁護士の息子を　ひとり　ほしいかたは
注文さえなされば　いいのです
どんなにむずかしい法律問題にも　精通した　大学出が
工場から　おやじさんの官庁に　無料で　配達されます

これからは　もう　寝不足な一夜の製品が
揺りかごと　幼稚園の　回り道をして
卒業試験や　その他の試験を　パスするまで
二十年も　待つ必要はないのです

こんな場合も　考えられませんか　子供が　ばかか　病身で
世間にも　両親にも　まるっきり使《つか》い途《みち》がない　という
でなきゃ　その子供が音楽好きで　両親に音楽が　まるっきり　わからなかったら
いつも　喧嘩《けんか》がたえないでしょう

最初のかわいい赤ちゃんが　後日　どうなるか
ほんとうにわかる人間は　絶対に　いませんよ　ねえ　そうでしょう
ブムケが言うには　娘でも　父親でも　ご注文しだい
わたしの製法で　いちども　失敗したことはありません

そのうち　わたしは　うちの人間工場を　拡張いたします
今でも　すでに　二百十九種類　納品しています
不良品は　むろん　お引き取りします
そういうのは　もういちど　いろんな蒸溜器《じょうりゅうき》に　ぶちこまなきゃなりません

わたしは言った　そのできあがり品には　ブムケ産院で生まれた　それらの人間には
まだ　ひとつ　まずい点がありますね
彼らは　コンスタントで　発展がないでしょう
すると　ブムケが　答えた「それこそ　まさに　合成人間の長所なのです」

あなたは　自己の発展を　ほんとうに　それほど重要だと考えますか
ブムケ教授は　厳粛な調子で　言った
彼の額《ひたい》には　一本の　深いしわが　あらわれた――
そこで　わたしは　四十歳の息子を　ひとり　注文した

あるシャンソン歌手の予告

彼女は　たいして　美人ではありません　でも　それは　たいして問題では
　ありません
美人でなくとも　心配は　ご無用
彼女は　女性です　そして　だれにも引けをとりません

そして　お腹《なか》には音楽がある

ぴんからきりまで　人生を知っています
おもてから　裏まで
彼女の唄《うた》は　サロンむきではありません
せいぜい　メロディーぐらいのもの

彼女は　知っていることを　うたいます　そして　何をうたうか　知っています
それは　唄をきくと　わかります
そして　その唄のいくつかは
なん年も　ひとのこころに残ります

彼女は　らくな高音のCを　軽蔑《けいべつ》します
そして　その声は　かならずしも　きれいではありません
うたうとき　よく　こころが痛みます

口先だけで　うたうのではないからです
彼女は　わたしたちをなぶり物にして　からかうことを　知っています
わたしたちと　おなじぐらい
そして　その主題について　かなりいろんな唄を　知っています
そのうちの二つ三つを　彼女は　当店でうたいます

いささか早熟の子供

ぼくは　子供のほうへ身をかがめて
(こういうことには　気位が高くないので)
子供の玩具《おもちゃ》を　なおしてやった
それは　木製の　白馬だった
子供は　きれいな女のひとと　歩いていた
彼女は思った　そうとう彼女はフリーだと　ぼくが思ったと

そして　ワンワンのように　彼女の子供の手をひいて
街灯と　店のそばを　とおりすぎた

彼女は　もう　半ば誘惑されたように　感じていた
そして　うれしそうに　おしりを振った
そのために　ぼくは　さらに　心を動かされはしなかっただろう
ところがその子供――ぼくは　完全にはっきりそれを感じた
子供が　すでに　おなじことを思っていた

辛抱が大事

たいがいの人間の生活を見ていると
あきらかに　わかる
人間は　あいているドアに　駈《か》けこんで
頭を　ぶち割ることもある

失意のあとの散歩

そら　またひとつ
お手製のビンタを　見舞われた
ことさらそのために選ばれた運命が
任意の風力と　回数で
無料で　見物に　くばってくれる——

まあ　いいさ　人生の行路は　波形だ
このうえ　勾配《こうばい》を　急にしてはならない
また　ビンタの期限が　やって来たのだ
引受け拒絶が　手ぎわよくいかなかった

上きげんの顔に　こんな一撃をうけると
うける者にとっては　むろん　ずいぶん大きな音がする

運命は　急所を　ねらい打ちするのが好きだから
そのかわり　このビンタは　いのちには別状ない
人間は　都合よく　できている

それにしても　湖と　そのとなりの
白雪におおわれた　山々を　ながめると
まえまえから　幾たびとなく考えたことを　ぼくは　考えずにいられない——
なにも　この種のビンタは　くれるにはおよばなかったと

そんなとき　自然をそばに見ながら　走る
うれしいことに　人っ子ひとり　出逢《であ》わない
鳥たちは　合唱曲の　練習をしている
太陽は　あふれんばかりに　かがやいている
しかし　奥のほうでは　かなり　降雨があった

ふうりんそうが　分別ありげに　うなずいている

蜂が一匹　まじめくさって　頭をかいている
そして　風と　波が
ゾンネンシャインソナタを　連奏している

運命は　きょう　ぼくを張りとばしたように
さらに　幾たびか　ぼくを張りとばすだろう
艱難《かんなん》なんじを玉にす　というのは　ひょっとすると　ほんとだろうか
まだまだ　うんと　張りとばされなきゃならない
ぼくが脳溢血《のういっけつ》で　倒れるまで　それで　もうたくさん

海水浴場で自殺

きみはここ　自然はあそこ
あいにく　そのあいだに　いろんな邪魔ものがある
そこから　あえてきみのところへ来るものは
ひばまた属の海藻と　魚の香水ばかり

きみの目と　きみに見られようと
待ちこがれている　海との　あいだを
のべつ　人が　ゾロゾロ歩きまわり
見ていると　心臓がくるしくなる

一糸《いっし》もまとわぬ　お腹《なか》と　おしりが
縦横むじんに　砂の中に　立ったり　寝ころんだり
ふとった小母《おば》さんたちが　トリコットを垂らし
陸にあがったクラゲさながら

どっちを見ても　目を反《そむ》けたくなる
なんにも見まいと　目をかたくとじる
だが　そうすると　よけいいろんなものが見える
なにかしなければ　と決心する

千のからだをのりこえ　夢中で
海べに走り　水にとびこむ――
やっぱり　ここにも　おびただしい紳士たちと　女たち
脂肪は上に浮く　けっきょく　それは　やむをえないのか

悄然《しょうぜん》と　みどり色の　波にただよう
鼻先に　金褐色の　女がひとり
ああ　海にはどこにも空席がない
水平線が　人で覆われている

かくては　溺《おぼ》れるほかに　途《みち》がない
そして　石のように　からだを重くする
おもむろに　腹いっぱい　水を飲みこむ

海の底では　ひとりぼっち

慈善

彼は　たいそう　やさしい気持ちになった
自分で　自分が　わからないくらい
何か　ひとつ　りっぱな
善いことをしようと　決心した

それは　木立ちと
自分の投げている　影のせいかもしれなかった
彼は　妊娠が　したくなった
男にはゆるされないことだけど

夜は　しだいにふけ
庭から　冷えた空気が流れてきた
なぜかしらないが　一種の同情で

胸が　痛くなった

そのとき　一人の男が外套《がいとう》も着ず
いけ垣のかげに　立っているのが　目にはいった
むらむらと　施しがしたくなり
男の　手のひらのまんなかに　十ペニヒ　握らせた

つづいて　歩きだした時には
たいそう元気になり
鼻たかだかと　天を仰いだ
神さまもご照覧あれ　と　言わぬばかりに

ところで　彼から十ペニヒ贈られた　その男は
現金を　一文《いちもん》も　うけとろうとせず
さんざん　彼をなぐりつけた
なぜって　その男は　乞食《こじき》ではなかったから

配役のある独白

きみの窓も　内庭に　面しているのか
こういう内庭は　暗澹《あんたん》たる世界だ
どこをながめても　よその家が立っている
そして　その眺めは　猟獣のように　ワナにかけられている

それに　夜がふけてからの　さみしさときたら
ひとはみな　すでに眠り　きみだけが　眠っていない
そして　内庭は　谷あいのように　きみをとり囲んでいる
そして　光といえば　星が三つだけ

そのつぎに　きみは　たしかにびっくりするだろう
面とむかって　壁の上に
きみに手招きをする　影法師を　見るとき

そして　きみは　その手から　後じさりする
だが　きみが　後じさりしたたびに
きみは見る　彼もまた　暗やみに　はいったのを
やがて　きみは　気がつく　それは　きみの影法師だと
そして　彼が手招きしたのは　きみ自身がしたのだと

こんどは　きみが　ニッコリして　彼に　会釈《えしゃく》する
そして　両腕を　彼に　さしのべる
すると　彼は　きみとそっくりの　ことをする
そして　彼の頭は　きみの家より　大きい

きみはこっちにいるかと思うと　またあっちにいる
だから　きみは　ひとりでいるような　気がしない
そして　思いきり　窓をはなれる　気がしない
そうすると　また　ひとりぼっちに　なってしまうから

そして　きみは　この影絵芝居が　おもしろくなる
そして　もうすこしで　相手と　仲よしになる
でも　しまいには　やっぱり　うんざりする
相手は　いつも　きみのすることしか　しないから

この　夜ふけの二重唱を　見た者は
内庭の　枯れた　灌木《かんぼく》だけ
そして　きみは　しょんぼり　あくびをする　そして　ベッドにはいる
そして　むこうの　もうひとりの男も

ある女性の弁護演説

過去のことで　わたしを　わるくとってはいけないわ
わたしは　あなたに　話すわ　あなたはきかないけど
わたしを見ないで　わたしは恥じたいの

そして　死人が　また　やってくるような　ふりをしたいの
そうなっても　あなたが　わたしを　愛してくださるとは思えない

わたしは　自分を　ゆるすとは言わないわ
それは　いまのとこ　問題じゃないから
わたしは　待っていたのよ　そして順番がこなかったの
一人も持たないのが　急に　男を二人持つ
そんなのは　五人いたって　まだ男じゃないんだのに

女は　感ずるものよ　自分は　だれかにとって　重要な人間でありたいと
ただ　悲しいのは　そんなのが一人もいないこと
それから　知らない人たちと　抱き合うのよ
そして　愛されるだけで　自分は愛さない
あの　おおぜいのフィアンセたちの　一人になるの

時は過ぎる　辛抱は　売り物じゃない

女は　もう　捜しません　ときどき　見つけます
窓から　歳月の狩りを　ながめます
もう　奇蹟《きせき》は　待ちません
すると　いきなり　やっぱり　それがやってくるの　いま　あなたが　いらした
　じゃないの

過去は　消えないわ　どうして生まれ変わったらいいの
わたしの痛みは　針が　縫ってふさいでくれる
過去は　消えない　できるのは　後悔だけ
やっと　あなたがいらした　今こそわたしは　うれしくなきゃならないのに
うれしくないの　けっきょく　もう　遅すぎたんでしょうか

黄金の青春時代

夕方　仕事がすむと　できるだけ速く
電車で　家に帰る

そして　そうとう　彼らは　ぐったりした様子
まるで　気分のわるい　小さな子供たちのよう

オフィスは　人形の家ではない
工場は　針葉樹の森ではない
そして　最も現代的な　炭坑でさえ
理想的な　滞在地ではない

ところが　彼らは　ただつかれただけではない　気のどくに
つかれたことが　なんの役にもたたぬ
それどころか　日曜日の晴れ着を　こっそり着て
またせかせかと　走り去る

それから　どこかへ　踊りにいく
「オルフェウム」とか　なんとか　いったようなとこへ
そして　音楽のあるなしに　かかわらず　彼らのふるまいは

だいたいから言って　かなり不謹慎

そのあと　公園のベンチに　こしをかける
そして　いつかの五月と　まるでそっくり
どうせ　それくらいが　関の山
そして　家へ帰り着くまでに　三時になる

いつか　目のさめるときが　きっと　くるだろう
運命が　しびれを切らすとき
ああ　人間は　あそび　(しかも　自分のあそび)のために
生きるものだと　思っている

彼らは　若い　そして　力のかぎり　思いちがいをする
目ざましが鳴ると　六時半
電車の中と　あとで　オフィスで
われあやまてりと　気がつく

人間は　けっして　ちょうちょにはならぬ
ネクタールは　せいぜいよくて　一つの言葉
若さと　楽しさとは　別のもの
そして　よろこびは　輸送中に　死ぬ

雪の中のマイヤー九世

雪は　砂糖漬けの果物のように　森の中に　たれ下がっている
ぐずぐずせずにきのう　出てきて　よかった
樹《き》は　おそらく　足が冷えることだろう……
だが　われわれのようなものが　自然について　なにを　知っているだろう

雪は　白砂糖かもしれない
子供の頃　ときどき　そんなことを考えた
なぜ　そのことを　きょう思いだすのか

そもそも　なぜ

そのまえに雲がある　そのあとで雪がふる
だが雪は　まず　どうして天へのぼるのか
世界は　いま言ったように　大きな魅力だ
ただ　われわれが　全然注意しないだけだ

小さな雪が　ちらちら　バレエを踊り
大きな山が　おおぜい　見物している
雪はふりしきる　大地は寝ている
そして　ぼくの靴にも　つめたい水がはいってくる

こんなにひとりぼっちで　森の中に立っていると
なんのために　オフィスや　シネマに行くのか
さっぱり　わからない
そして　急に　そんなものが　もういっさいいやになる

雪は　まる一週間　ふりやまぬと書いてあった
じぶんの才能を買いかぶっている人間にとっては
雪の中にひとりでいるなんて　なまやさしいことじゃない
考える前に　全世界がぐらつく

まあいい　なるほど　あそこにも　小川が一つ流れている
そして　じぶん以外に　なんにもないようなふりをしている
おそろしく静かだ　騒音のないのが　さびしい
はじめの幾晩かは　さぞ眠れず
ベルリンが　恋しくなるだろう

盲人の独白

通行人は　みんな
とおりすぎる

おれが盲人だもんで　おれの立ってるのが　見えねえのか
三時から　おれは　立ってるんだ

いまは　雨まで　降りだしやがった
雨が降るときゃ　人は善ならず
おれに　遇《あ》うやつぁみんな
おれに遇わねえような　ふりをする

おれは目なしで　街なかに立っている
街は　ごうごう　鳴っている　まるで　海べにでも立ったよう
晩になると　おれは　綱にひかれて
犬のあとから　歩いていく

八月は　おれの目の
十周忌だった
どうしてこの胸と　もうこのさき働く気のねえ心臓に

あの破片が　あたらなかったのか
ああ　だれひとり　おれのかいた絵はがきを
買っちゃくれねえ　それというのも　おれの運がわるいんだ
どれでも　一枚　十ペニヒ
これでも　おれ自身　九ペニヒ払ったんだ

おれも　むかしは　あんたがたのように　なんだって見えた
太陽だって　花だって　女だって　街だって
それから　おれのおふくろが　どんな顔してたか
こいつぁ　いつまでも　忘れねえ

戦争は　盲人にする　おれを見りゃ　わかる
それに　雨は降る　風は吹く
いったい　ここには　てめえの息子を思う
よそのおっ母《かあ》は　いねえのか

そして　おれのために　いくらか
おっ母に恵んでもらう　子供は　いねえのか

人生がくりかえされたら

だれでも　こういう気持ちになる　もういちど　十六に　なってみたい
そして　そのあとで起こったことを　みんなわすれてみたい
もういちど　珍しい花を　押し花にし
そして(背が伸びるので)ドアで身長をはかり
学校の途中で　門の中へ　大きな声で　さけんでみたいと

夜中に　もういちど　窓ぎわに立ち
通りがかりの　人声に　耳をすませてみたい
彼らが　往来の　浅い眠りをさまたげるとき
だれかが嘘《うそ》をつくとき　腹をたて
五日間　顔を合わせずに　いてみたい

キッスをしたいけど　キッスをこわがっている
どこかの　うちへ帰らなきゃならない　女の子と
もういちど　市立公園を　ぶらついてみたい
店の閉まるまえに　二マルク五十ペニヒで
あの子と自分のために　おそろいの指環《ゆびわ》を買ってみたい

歳《とし》の市《いち》に　十ペニヒ玉が二つ三つほしくて
母親に　きっと　また　おせじをつかうことだろう
そのあとで　あの　長いあいだ水にもぐる男と
葉巻《シガー》を吸う猿を　見物することだろう
そして大女たちに撫《な》でられることだろう

ある女に誘惑されて　のべつ　思うだろう
これは　レーマン氏の婚約者だと
肌に　彼女の手を　感じるだろう

からだの中で　心臓がドキドキ　大きな音を　たてることだろう
夜中に　両親の家の門を　たたくように

あのころ見たものを　そっくり　見ることだろう
そして　それ以後おこったことを　そっくり
それが　いま　もういちど　おこるだろう……
おんなじ光景を　もういちど　きみは　見たいかい
見たい

グロースヘニヒ夫人から息子へのたより

拝啓　わたしは　もちろん　とても残念でした
わたしの誕生日に　あなたが来なかったのは　そして　手紙をくれただけだったのは
カーネーションが　とてもきれいでした　そして　ちょうど炙腸詰《ブラートヴルスト》があったのよ
あなたが来ると思ったから　そして炙腸詰はあなたの大好物だから

イゾルデ伯母さんは　わたしに　エナメル塗りの革のハンドバッグを　くださったわ
お父さんだけが　すっかり　忘れておしまいになったの
はじめは　悲しい気がしました　いつも　なんでもよく気のつくかただのに
でも　コーヒーと　そのあと　晩のご馳走《ちそう》でいそがしかったわ

べつに　変りはありませんか　から咳《せき》はなおりましたか
心配しています　ながびかしてはいけません
近いうち　折襟《おりえり》を送ります　この前のは大きすぎましたか
そうよ　あなたがうちにいれば　カラーは　ちゃんと合うのよ

クラウゼの長女が　最近　お腹《なか》が大きくなったのよ
お父さんがだれだか　わからないの　自分でも知らないんだそうよ
これは　ほんとうに　高校教育だけのせいだろうかね
それから　汚れものを　早く送りなさい　このあいだの外箱は　ひどくこわれてたわ
わたしはコスチュームを　染めかえさせたの　こんどは碧海色《マリンブルー》です

あなたの部屋に　ストーヴを焚《た》かせなさいよ　うちでは　もうとっくに焚いています
肉は　いま　八百屋《やおや》のおかみさんのとこで　買っています
そのほうが　十ペニヒ安いの　それでも　わたしは　まだ高いと思ってるのよ

あれから　もう三か月　あなたは帰らないのよ
ほんとに　いちど　二日でいいから　出かけてこれないの
おとつい　初めて　ベルリンの新聞を　読みました
フリッツ　気をつけてちょうだいよ　そこでは　ずいぶん　おそろしいことが
　起こってるじゃないの

あなたの食べにいく　レストランでは　じっさいまた　料理はいいのかい
とにかく　晩には　おかみさんに　玉子を二個　バターで焼いてもらいなさい
ちゃんと　お嫁さんを　もってごらん　そうすれば　すっかりちがってくるから
あなたに　その気がないことは　ちゃんとわかっています　残念だけど　しかたが
　ないわ

こんど　うちの部屋を借りたかたは　ちゃんとした婚約者を　もっています
ときどき　そのひとが　訪ねてくるのよ　それがなければ　まったく申しぶんのない
　間借り人だわ
門番のおかみさんが　その女に遇《あ》ったのよ　そして　昨日　大きな声でこう言うの
かならずしも　おんなじひとじゃございませんよ　いいかげんに　禁止なさる必要が
　ございますよ

そのことを勘定にいれなければ　こちらはみんな　しごく元気です
あなたも　元気であってほしいわ　それから何を言おうとしてたっけ
紙が　おしまいになったわ　さようなら　エーアリヒのとこで　また　なにか
　おっぱじまってるわ
この手紙だけ　大いそぎで　これから　駅のポストに入れてきます

まだ　思いだしたことがあるわ　でも　もうだめ
読めるかしら　肉屋のシュテファンのおかみさんと　いま　劇場で遇いました
あのエルナっていう　おかみさんの娘　その子が　もうせんから　あなたを好きなの

とてもなのよ
わたしは　なかなか　かわいらしい子だと思います　まあ　いいわ　お父さんから
　くれぐれもよろしく

汽車旅行

世界はまるい　ひとは旅にでる
神経衰弱を　なおすため
そして　百姓たちが　線路に立っている
まるで　写真でも　とられるように

城がひとつ　そして　鏡のように平らな湖と
紅《あか》い　けし畑が　見える
風景は　レコードのように　まわる
神の　巨《おお》きな蓄音機のように

急行列車はばく進して　休みそうもない
線路にそって　ニワトリが　うなずいている
窓の前では　電信柱が　風に吹かれている
瀬戸物でできた　鈴蘭《すずらん》のように

電線が　ひくく　落ちては　のぼる
電信柱が　ときどき　ひざの中にはいる
まるで　われわれの前で　おじぎをしているようだ
われわれは　まったく　へんな気持ちになる
われわれは　帽子をもち上げて　彼らに会釈《えしゃく》する
そして　だまっている

少年時代へのささやかな案内

そして　突然　また　まちに立つ
そこには　両親が住んでいる　それから　教師たちが

そして　すっかり忘れていた　ほかの人たちが
ひと足ごとに　足が重くなる

教会をながめる　日曜日ごとに　あそこで歌ったものだった
（あれから　ほとんど　全然　歌ったことがない）
あそこに　石段がある　むかしあの上を飛んだものだった
むこうを見る　別の少年たちがいる

肉屋のクルツハルスが　店に　寄りかかっている
今は年をとっている　むかしのように彼に会釈《えしゃく》をする
彼は　会釈をかえす　そして　ふしぎそうな顔をする
こっちは　まだ　おぼえている　むこうでは　はっきり　わからない

それから　市内電車に乗る　時間はたっぷりある
車掌が　つぎつぎに　停留所の名を呼ぶ
それは　過去の停留所だ

過去は死んだと思っていた　それが　まだここに　住んでいた
それから　電車を降りる　そしてためらう　そして　びっくりする
風が凪《な》ぎ　雲ひとつうごかない
角を　曲がる
裸の庭の　黒い建物

これが学校だ　ここに寄宿していたのだ
今でも　寝室に電灯がついている
今でもアムゼル公園に　月が浮かんでいる
そして窓に押しつけられた　いくつかの顔
柵《さく》は　もとのままだ　そして　今　その前に立つ
そして　そのうしろに　新しい少年たちの群を見る
ぞっとして　頭を門に　よせかける
（まるでズボンが短くなるような気持ち）

かつてひとは　ここを逃げだした　そして　今また　逃げだすだろう
勇気が　なんの役にたつ　ここだけは　断じて救おうとは思わない
ひとは　歩き　小さな鉄のベッドを想う
そして　一番いいのは　またベルリンに帰ること

善良な娘が夢を見る

彼女は　カフェーで　彼に出あった夢をみた
彼は　読んでいた　そして　食事にこしかけていた
そして　彼女を見た　そして　彼女に言った
「きみ　本を忘れたね」
彼女はうなずいた　そして　背をむけた
そして　ひそかに　ほほえんだ
そして　夜ふけの街に出た

そして　思った　あれをとってこよう
路《みち》は　遠かった　彼女は　いっしんに走った
そして　二つ三つ　鼻唄《はなうた》をうたった
彼女は住居に上がった　そして　しばらく　そこにいた
そして　やっと　また　でかけた

そして　彼女がカフェーにはいると
彼は　まだ　食事にこしかけていた
彼は　彼女が来るのを見た　そして　彼女にさけんだ
「きみ　本を忘れたね」

彼女は　じっと立っていた　そして　自分にびっくりした
そして　合点《がてん》がいかなかった
それから　彼女は　またうなずいた　そして　ドアのそとに出た
もういちど　その路を歩くため

彼女は　とても　くたびれていた　それでも行った　それでも来た
そして　とても　こしがかけたかったのに
彼は　顔をあげるやいなや　言っただけだった
「きみ　本を忘れたね」

彼女は　ひきかえした　彼女は　来た　彼女は　行った
階段を　這《は》いのぼり　這いおりた
そして　いくども　彼は訊《き》いた
そして　いくども　彼女は　また出かけた

彼女は　永遠を　走るようだった
彼女は泣いた　そして　彼は笑った
彼女の口に　涙が流れた
目がさめたあとでも　まだ

高山の仮装舞踏会

ある晩　ホテルの客が
みんな　気が狂い
流行歌をさけびながら　ホールから
闇《やみ》に駈《か》けだし　スキーをした

そして　白い山腹を　ひゅうひゅうくだった
そして　満月が　文字どおり　土いろになった
そして　目を見はりながら　だんだん　ふくれた
今まで　こんなものは　見たことがなかった

金ぴかの　薄物一枚の　女たちもいた
あとの女たちは　水着姿だった
ある工場長は　騎士のいでたちで　やって来た

そして　兜《かぶと》は　あたま二つぶん　大きすぎた

七匹の野呂鹿《のろじか》が　その場で死んだ
この動物たちは　かわいそうに　卒中をおこしたのだった
ジャズバンドのせい　かもしれなかった
バンドも　いっしょに　ついて行ったから

あたりは　凍った花壇のようだった
夜会服の上に　霜がおりた
カスタネットのように　歯が鳴った
フォン・コッタ夫人の乳房が　コチコチになった

山は　ふきげんな顔をした
山は　その静けさを　破られたくなかった
そして　中形《ちゅうがた》の雪崩《なだれ》で
低能な一行《いっこう》に　蓋《ふた》をした

このできごとは　しごく簡単に　説明がつく
自然は　あっさり　堪忍ぶくろの緒《お》をきらしたのだ
それ以外に　ほとんど　理由がない
観光協会に　罪はない

つめたい紳士たちと　淑女たちを　ひとびとは葬った
そして　これには　多少　役にたつ点もあった
水曜日に着いた　客のために
やっと　いくつか　部屋が明いた

孤　独

ひとは　ときおり　ひどく孤独になることがある
そんなときには　なんのききめもない　襟《えり》を立てて
店の前で　ひとりごとを言っても

あの中の帽子は　感じがいい　ただちょっとちいさいが……などと

そんなときには　なんのききめもない　カフェーにはいって
ほかの者が笑うのに　耳を傾けても
そんなときには　なんのききめもない　彼らの笑い声を　まねしても
すぐ　また　立ち上がっても　やっぱりききめがない

そんなとき　自分自身の影法師を　見る
影法師は　おくれまいとして　跳《と》んで　いそぐ
そして　ひとが来て　つれなく　それを踏みにじる
そんなときには　なんのききめもない　泣くことができなければ

そんなときには　なんのききめもない　自分といっしょに　うちへ逃げてかえり
ブロンカリーがうちにある場合　ブロンカリーを飲んでも
そんなときには　なんのききめもない　自分自身が　自分にはずかしくなり
あわてて　カーテンを引いても

そんなとき　どんなだろうと　つくづく思う　もしも　ちいさかったら
生まれたての赤ん坊のように　ちいさかったら
それから　ひとは両方の目を閉じる　そして　目が見えなくなる
そして　ひとりで　寝ころがる

アルバム詩

メンドリたちは　ふと　卵のかわりに
アップルパイを産む　義務があると感じた
この企ては　水泡に帰した　なぜか
メンドリは　卵を産むようにできている
（かくて　すでに　多くの着想が　無に帰した）

永遠の愛の実例

黄いろいバスで　その町をとおった
はいったと思ったらすぐに出た
最初の家　最後の家
それっきり

名前を　ぼくは　わすれたのか
いったい　ぼくは　読んだのか
葡萄《ぶどう》と　まきばの　あいだの
ヘッセンの田舎町《いなかまち》

きみが　ふと　ぼくをながめたとき
きみは　みどりいろの格子垣《こうしがき》に　よりかかっていた
それから　ぼくは　ふりかえった

きみは会釈《えしゃく》をした
きみとよんでは　いけないか
あらかじめ　ゆるしを乞う
ひまがなかった
ぼくはきみとよぶ

ぼくは　ひたすら　ねがった
きみのそばにいたらと
きみも　おなじ思いではなかったか
ぼくとおなじ心では

偶然には　分別がない
偶然は　盲目だと言われる
ぼくたちに手をあたえて　ふいにひっこめた
おくびょうな子供のように

ぼくは　かたく　信ずることにきめた
きみこそ　まさしく　そのひとだったと
ぼくから　このまぼろしを　奪うことは　できない
きみはそれを知らないから

きみは　みどりいろの格子垣に　ほほえみながら　よりかかっていた
タウヌス山脈の中だった　ヘッセンだった
村の名は　わすれた
愛は滅びない

温泉だより

どうしてる　もう　かなりおそい
ドクトルは　さだめし　からだにいけないと言うだろう
噂《うわさ》によると　辻馬車七号の馬が　入浴しているという

ここでは　犬さえも　衛生に注意している
そのうえ　空気まで　カフェイン抜きにされている
そのため　呼吸は　ほとんど危険性がなくなっている
残念ながら　これはまだ　まったくなしにはすまされない
むかしは　呼吸なんて　じつにかんたんに考えていたものだ……

きのうから　毎日十二服　くすりを飲んでいる
全然飲まないとしたら　いちばん非常識だろう
ここではみんなが飲んでいる　お医者まで
一人は　モルガンのように　金持ちだそうだ

いちばんきれいなのは　炭酸泉
一万の真珠が　肌につく
まるで　露《つゆ》をむすんだ牧場のよう
あるいは効くのかもしれない　よほど時がたたないとわからない

吸入もしている　これは　健康にいい
そこには　紳士たちが　こしをかけている　たいがいは年寄りだ
顔いちめんのひげの前に　よだれかけをあて
口に陶器製の葉巻《シガー》を　粋《いき》にくわえて

そのほかに　まだ　鉱泉飲用療法もやっている
水は　甘草《かんぞう》汁をかけた鯡《にしん》の味がする
あとは　稲妻にうたれたように　じっとこしをかけている
そして　楽隊が　座興に「トロバトーレ」を聞かせる

ここに来て病気にならないやつは　いこじ者とみなされていい
ドクトル・バルテルは　たびたび　ぼくを診察する
まだ　なにかかんか　見つかると思っているので
彼は　支配人だ　ぼくたちは　使用人だ

一杯のビールがなつかしい
もちろん　きみだって　でも　ぼくはやっぱり　湯治をしなきゃならない
ぼくの代理で　きみのふくらはぎを　つねってくれ
それから　なんだったたっけ　そうだ　どうしている

青年が夜あけの五時に

朝はやく　きみとわかれると
しずかに　きみの家を出る
裸の　うすぐらい
わびしい街へ

枝の中では　雀《すずめ》たちが
けんか腰で　最初の歌をうたっている
その下に　猫が二匹すわっている
食欲のために　木のようになって

きみは　まだ　いつまでも　泣いているだろうか
それとも　もう　眠っているだろうか
いいかげんに　はやく
もっといいひとに　出遇《であ》うと　いい

パン屋の店の中では
ケーキが　石になっている
目覚ましが　狂ったように　目をさまし
うなって　また　寝こむ

夜と昼のあいだには
まだ　大きな幕あいがある
そして　ぼくは　うちへ帰る
自分が　きらいになったから

きみの窓の中には
まだ　一部分　灯《ひ》がともっている
きみは　まだ　いつまでも　泣いているだろうか
まもなく　陽《ひ》がさすだろう
しかし　まだ　ささない

謙譲への勧誘

事情が　どうあろうと
そして　たとえ　われわれに　気にいらないでも
人間は　この世の窓の
かげろうのようなもの

ほとんど　かわりはない
じっさい　また　どんなちがいがあろう
ただ　かげろうには　足が六本ある

そして　人間には　せいぜい　二本

春は前借りで

草はらは　まだ　全然　みどりではない
草は　くしけずらず　森の中に立ち
まるで　千年もたったよう
だから　もうじき　ここに　ふうりん草が
咲くのかしら　と　ひとは思う

葉は　なが年の　勤務に疲れ
あっちで　カサカサ　こっちで　カサカサ
まるでバターパンの包み紙が　カサカサ鳴るように
風が　森の上で　ピアノを弾《ひ》いている
あるいは高く　あるいは低く

しかし　人生を知る者は　知っている
きっと　ことしも
例年のように　なることを
森の中に　一組の夫婦が　すわり
春を待っている

そのために　ふたりを　非難してはいけない
たしかに　彼らは　自然を愛している
そして　森や野はらに　すわりたいのだ
気持ちは　十分　わかる　ただ
風邪をひかなきゃいいが

じめじめした十一月

あなたの戸棚の中に　忘れられている
いちばん古い靴を　はくんですよ

ほんとうに　ときどき
雨が降っても　街を歩くといいんですよ

たしかに　すこし　寒いかもしれません
そして　街は　索漠としているかもしれません
それでも　かまわず　散歩するんですよ
そして　できることなら　ひとりで

雨は　枝のあいだを　ものうそうに　降っています
そして　舗道は　青い鋼《はがね》のように光っています
そして　雨が　残りの葉を　むしりとっています
そして　木は　年をとって　まる坊主になっていきます

晩になると　十万の灯《ひ》が
つるつるのアスファルトの上に　しとしと音をたてて落ちます
そして　もうちょっとで　水たまりに　顔ができます

そして　傘が　一つの森になる

まるで　夢の中を歩くようじゃないですか
ところが　やっぱり　都会《まち》を歩いているにすぎないのです
そして　秋は　千鳥足《ちどりあし》で　木にぶつかる
そして　梢《こずえ》では　最後の葉が揺れています

自動車に　気をつけてください
寒かったら　どうか　おうちへお帰りになってください
さもないと　鼻風邪まで　もって帰ることになる
そして――すぐに　靴をぬいでください

ある男が真相を告げる

この一年はたのしかった　そして　二度とかえらないだろう
きみは　いつも知っていた　ぼくがのぞんでいたことを　そして　行ってしまう

ぼくは　ねがっていた　きみにそれが説明できたらと
でも　やっぱり　ぼくはねがう　きみがぼくを解《わか》ってくれないことを

ぼくは　いくどか　きみに忠告した　ぼくから別れるようにと
そして　ぼくは感謝している　きみがきょうまでとどまってくれたことを
きみはぼくを知っていた　そして　ぼくを知らなかったのだ
ぼくはきみを怖《おそ》れていたのだ　きみがぼくを愛しているので

きみは　思うかもしれない　ぼくは　きみをだましていたと
きみは　きっと　思うにちがいない　ぼくがむかしのようでないと
しかし　ぼくは　けっして　きみをだましはしなかった
たとえ　きみは泣いても

きみは　いくどか　ぼくの冷たさに腹を立てた
ぼくは　きみに言わなければならない　あのころ　きみは利口だった
ぼくは　終始　おなじ気持ちをもっていた

しかし　必要なだけの強さが　いつも　なかった
そういうと　きみは思うだろう　まるでぼくが自慢しているように
そして　一種の台の上に　得意になって立っているように
ぼくは　きみから　遠のいていただけだ　上にいたわけではない
きみがぼくを怒っているのは　ぼくを見棄《みす》てるからだ

ぼくと同様に感じている者は　ほかにもいる
ぼくたちは　それだけ　きみたちよりみじめなのだ
ぼくたちは　もとめない　ぼくたちは　自分を　見つけさすだけだ
きみたちが悩んでいるのを見ると　ぼくたちは　うらやましくなる

きみたちは　いいよ　きみたちは　なんでも感じられるんだから
そして　きみたちが悲嘆にくれるとき　ぼくたちは靴が窮屈で　足が痛むだけだ
ああ　ぼくたちのこころは　まるで椅子《いす》にこしかけて
恋愛を　傍観しているのだ

ぼくは　きみを怖れていた　きみは　いろいろ訊《き》いた
ぼくは　きみが必要だった　だのにきみを悲しませてばかりいた
きみは　答えをほしがった　では　こう言えばよかったのか
「行ってくれ」と

言葉で説明することはやさしい
きみがそんなに望むから　ぼくは説明する
この一年はたのしかった　そして　二度とかえらないだろう
そして　こんどは誰がくるか　ごきげんよう　ぼくは　こわい

怠惰の魅力

朝はやく　風呂桶《ふろおけ》の中で　はじまる
ひとは　すわっている　そして　思う　これっきり立たないでいられたらと
おっくうで　栓をひねる気もしない

湯にはいるはずだのに　ピチャピチャやるばかり
湯が上がってくる　ひとは　自分の足の指を見つめる
まるでプラトンの思いつきででもあるかのように
ところが思いちがいだ　いくらかそれが大きいだけだ

ひとは　にっこりする　まるでばらを嗅《か》ぐように
そして　にっこりできることに　びっくりする
なぜといって　ひとは　大儀だから　しかしわらうことは疲らせない
ああ　理性はまだズボン下をはいている
気力も　頭も　人間全体が
旅行中だ　そして　いつまでか　だれも知らない
ひとは　すわっている　そして自分を失業者の一人にかぞえる
ひとは　横になり　そして　眠っている　たとえ食べていようと　歩いていようと
そして　街をぶらつき　くだらない唄《うた》の文句を　一行口ずさみ
そして　公園で　すみれにたわむれる

ひとは　あやうく軽気球のように　吹き流される
ひとは　妖精の手紙を　こなごなに　ちぎって
棄《す》てる　そして　まだしばらく待っている
せめて　風に　その手紙がわかるのではあるまいかと

それほど　大儀だ　そのくせすることはうんとある
そして　時計はカチカチ鳴っている　まわりのポケットというポケットで
時は逃げる　そして　すばやく捕まえさせ
ほとんど　靴の底革がなくなるまで　ひとを走らせようとする
大儀で　心の垢《あか》を洗う気もしない
ひとは　あめ玉のように　時間をしゃぶり
休養するために　こっそり　うちへ帰るだろう

怠惰は　疲れさせる　まるで重量挙げのように
ひとは　ひとりぼっち　それはつきあいじゃない
そして　石を割るほうが　半分も骨がおれない

ひとは　のらくらして　幸福の邪魔をする
そして　もう　まるっきり自分がわらっている　気がしない
無為は財布をからにするばかりでなく……
これが　問題の　いちばん憂《ゆう》うつな点だ

簿記係が母親へ

お母さん　きょう洗濯物をうけとりました
どんなにお負けをしても　ぎりぎりいっぱい　というとこでした
郵便屋は　もう一分で　まにあわないとこでした
どう思います　ぼくのカラーはだぶだぶです
ふしぎはありません　ヒルダとの問題で　休むまもないのですから
この月給では　ぼくは結婚しません
ぼくは　そのことを彼女に説明しました　そして　今　彼女は　はっきり
　了解しました

これ以上　彼女は待ちません　でないと　彼女は齢《とし》をとりすぎます
お手紙によると　ぼくが　お母さんの手紙を読まないとのこと
そして　お母さんは　もう　はがきだけしかよこさないとのこと
お手紙によると　ぼくはお母さんのことを　わすれてしまった　と思っていらっしゃ
　るとのこと
思いちがいです　とんでもない……

どんなに　もっとたびたび　もっとくわしく書きたいかしれません
いつもの　あんな週報だけでなしに
ぼくは思っていました　ぼくがお母さんを愛していることを　お母さんはご存じだと
この前の手紙でみると　お母さんは　それをご存じないのです

ぼくは　いま　すわりどおしで計算をし　帳面つけをしています
五桁《ごけた》の数字を　そして　いくらやっても　ほとんどきりがなさそうです
何か　ひとつ　ほかの仕事をさがすべきでしょうか

いちばんいいのは　どこか　ほかの都会で
ぼくは　とにかく　ばかではありません　でもなかなか　うまくいかないのです
ぼくは　生きてはいますが　たいして生きているような気がしないのです
ぼくは　一つの支線で生きているのです
これは　わびしいばかりではありません　気もすすまないのです

お手紙によると　日曜日には　ブレスラウから来るようですね
ときに　あれはどうなりました　ぼくがおねがいした
洗濯婦は　お雇いになりましたか
ブレスラウの人たちが来たら　ぼくからよろしくいってください

そして　誕生日に　またプレゼントを送ったりなさらないでください
そのお金は　節約なさってください　ぼくにはちゃんとわかっているのですから
そして　たよりがすくなすぎるときは　ぼくのいうことを信じてください
ぼくは　ほとんどしょっちゅう　お母さんのことを思っているのです　ごきげんよう

あなたの息子より

けちん坊が雨の中を

春は　篩《ふるい》ごしに　雨をそそぐ
すみれは　お手々をつないで　べそをかいてる
ドーラがどんな手紙をぼくによこしたか　まずそれをすみれが知ったなら
なるほど　わたしは　人の集まる場所では　お金を使わせないから　ずいぶん
　経済的よ
それでも　やっぱり　わたしたち　お別れしなきゃならないわ……だとさ

木々は　見かけだけ　裸
往来は　初めてのような　にぎわい
あらゆるものが　なんという　緑いろ　タクシーまで
おれは　くよくよ　しない
それには　おれの胸が　細すぎる

雨は降る　ほとんど　こまかい撚糸《よりいと》のように
神様は　芝生に　花を縫いつける
手紙によると　おれの脳味噌《のうみそ》はリューマチにかかっていて
額《ひたい》にしわができてるそうだ
「そして　わたしのこころは　あんまりあなたのとこへお百度を踏んだので　まめが
　できています」

ボーイ　別の女をひとり
春になるので　やれやれだ　なまぬるい風が吹いてくる
傷あとには　瘢痕《はんこん》が見えるだけ
世界は灰いろ　そして　灰いろは色じゃない
黒い雲さえ　いまは青い

花が咲く　そして　そのわけはだれも知らない
ひとは　三度深呼吸をする　そして健康だ

「祈り且《か》つ働け」　おれに言えるのはこれだけ
このうえ　ドーラのことで腹を立てるのは　やめる
そして　一日《ついたち》に　犬を一匹買う

おや　あそこは　もう　リーツェンゼーだ
これからうちへ帰って　おれはコーヒーをわかす
そして　おれひとりで　あの上等の菓子をたいらげる
パウルは　シネマが　木戸御免
晩めしに　あいつを訪問してもいいんだけど

不信の物語詩

突然　彼は感じた　「行かなきゃならない」と
そして　五時間　汽車に乗った　そして降りた
そのあと　たくさん　街を歩いた
彼女の家が怖《こわ》かったので

日が暮れる頃　気をとりなおした
やっぱり　窓には　灯《あかり》がなかった
彼は　暗い往来に立って　待っていた
そして　月が　地方裁判所の中に沈んだ

やがて　一台のタクシーが　門の前に停まった
彼は考えた「これが彼女だろう」
はたして　彼女だった　だれか一人の男と
せかせか　家へはいった

またしても　彼は　人通りのない往来に　立った
そして　上の部屋が　いくつか　明るくなった
窓掛けの上で　影が揺れた
遠くの庭から　犬の吠《ほ》えるのが聞こえた

時間が追いこしていくあいだ
彼は　タバコを吸い　ベンチに腰をかけていた
明け方ちかく　雨が降りだした
それでも　彼は　退屈しなかった

夜が明けると　彼は　手紙をつかみ出した
彼女が　今まで　よこしたのを
そして　読んだ　どんなに深く　あなたを愛して
　いるでしょう……
そして　家を見上げて　うなずいた

朝の六時に　名代氏《みょうだいし》が　入り口からあらわれた
そして　口笛で唄《うた》を吹きながら　歩いてきた
そして　ベンチにすわっていた男は　深く恥じ
　ながら
「ひとに見られなきゃいいが」と思った

上で　女が窓をあけ
バルコニーに出て　大きなあくびをした
そこで　彼は立ち上がり　そして　駅に行った
彼女は　びっくりして　うしろから見つめた

海抜千二百メートルの紳士たち

彼らは　大きなホテルに　すわっている
ぐるりは　氷と　雪だ
ぐるりは　山と　森と　岩だ
彼らは　大きなホテルに　すわり
のべつ　お茶を飲んでいる
彼らは　スモーキングを着ている
森の中では　氷が　メキメキ鳴っている

小鹿が一匹　もみの森の中を　跳《と》んでいる
彼らは　スモーキングを着て
郵便を　待ちこがれている

彼らは　青いホールで　ブルースを踊っている
そとでは　雪が降っている
ときどき　いな光りがして　雷が鳴っている
彼らは　青いホールで　ブルースを踊っている
そして　ひまがない

彼らは　自然を　大いに讃美し
旅行を　奨励する
彼らは　自然を　大いに讃美し
近傍は
絵はがきで知っているだけ

彼らは　大きなホテルに腰をかけ
さかんに　スポーツを　語る
それでも　いつかは　毛皮の外套《がいとう》を着てあらわれる
大きなホテルの　門の前に
そして　自動車で　また　行ってしまう

ある種の夫婦

歩くにも　すわるにも　寝るにも
彼らは　ふたりづれ
語りつくし　黙りとおして
そこまで　来た

年ごとに
髪は　うすらぎ　肌は　黄ばむ
おたがいが　自分以上に　相手を　知っている

場合は　理解しやすい

ひとは　無言で語り　言葉で沈黙する
口は　から回りする
沈黙は　十九種類からできている
(それ以上でないとすれば)

おたがいのこころと　ネクタイを　見て
彼らは　腹を立てた
彼らは　三枚のレコードをかけた　蓄音機のようだ
それは　神経を疲らせる

だますとき　いくたび　まともに
顔を　ながめ合ったろう
自分のこころは　なんとか　だませよう
相手のこころは　だませない

いくじなく生きて　見すぼらしくなった
今は　生地《きじ》そのもの
たがいに　おどろくほど　似かよっている
それは　当然だ

柵《さく》中の動物のように　彼らは　にぶくなった
いちども　彼らは　逃げなかった
そして　ときおり　第三者が檻《おり》の前に立つ
それは　彼らを怒らせる

夜は　囚人となって　ベッドによこたわる
そして　かすかに　うめく
そのあいだに彼らの夢が　ベッドとクッションで
　鎖と
棺《ひつぎ》をつくる

歩くにも　すわるにも　寝るにも
彼らは　ふたりづれ
語りつくし　黙りとおした
いまは……時だ

裏通りで

ここは暗いわ　もうすこしそばに寄って
ここは　ほとんど　森の中にいるみたい
われわれ　欧州人として　ほかに　何をしたらいいの
都会は大きいし　給料は小さい

ときどき　変わった小説の中でわたしは読むことがある
ほとんど人のいない島のはなしを
そこには　市内電車のかわりに　しゅろの木があって

小猿が　風の中で　ブランコしている……
そして　岸に　ときどき　樽《たる》が流れついて
その中に　コーンビーフと　ピルスナー・ビールがはいっているの
恋愛してる者は　そこにいるほうがしあわせね
われわれは　そこにいるんじゃなくて　ここにいるんだわ

ここにいると　だれかしら　わたしたちの邪魔をする　まるでおもしろがってる
　みたいに
まちはさけび　そうぞうしさで割れるばかり
わたしたちは　いま　裏通りに立ち
「裏書き禁止」で　愛しあってる

わたしたち　まるで　誰かを暗殺しようとしているみたい
しかも　わたしたちは　なんの悪意も　もっちゃいない
ほんのちょっとキッスして……ほんのちょっとかわいがる……

ああ　ベルリンは　恋愛する者を　神経質にする
なんていったってしょうがないわね？　きょうはたのしかったわ
うちへ帰ると　また　ひと悶着《もんちゃく》あるんじゃない
ここは　まるで　人ひとり住んでいないみたい
まあ　いいわ　そして　わたしあしたは早く出かけなきゃならない

停留所まで　もっと　送っていくわ
もうじき　時間だわ　もうじきあなたのバスが来るわ
わたしを愛してる　もうひとつキッスして……
そして　水曜日にまた会うわね　きっと
さあ　もう　おしまい……

略　歴

この世に生まれない者は　あまり損をしなかった

彼は　宇宙の中で　樹《き》の上にこしかけ　わらっている
ぼくは　そのころ　子供として生まれた
生まれるつもりもなしに

それ以来　いろんなことをわすれた学校で
大部分の時をすごした
ぼくは　折紙つきの模範少年だった
どうしてそんなことになったか　今でも　まだ　残念だ

それから　夏休みのかわりに　世界大戦が来た
ぼくは　徒歩砲兵として参戦した
地球の動脈から　血が流れた
ぼくは　生きつづけた　どうしてと問わないでほしい

やがて　インフレーションと　ライプチヒがやって来た
カントとゴート語　取引所と事務室

芸術と　政治と　若い婦人たちと共に
そして　どっちみち　日曜日には雨が降った

いま　ぼくは　かれこれ四十歳になり
小さな詩作工場を一つもっている
ああ　こめかみには　すでに白髪《しらが》が輝き
友人たちは　そろそろふとってくる

ややもするとぼくは二兎《にと》を追いたがる
ぼくは　ぼくらのこしかけている枝に　鋸《のこぎり》をあてる
ぼくは　死んだ感情の庭をとおり
そこに　機智を植えつける

ぼくも　自分のリュックは　自身で背負わねばならぬ
リュックは大きくなる　背幅はひろがらぬ
つづめて言えば　だいたいこういえる

ぼくはこの世に生まれた　にもかかわらず生きつづけていると

日曜日の朝の小さな町

天気は　まさに　適中
教会の塔は　神を夢み
町じゅうに　焼肉の匂いがする
それと　ほんのすこし　砂糖煮の果物の匂いも

日曜日には　寝ぼうがゆるされる
横町は　からっぽも同然
出遇《であ》った年寄りの小母《おば》さんが　二人
元気に　意見を交換する

また　ちょっと　むかしの会話のおさらいだ
それは　健康をたもつ

窓は　おだやかに　あくびをし
口に　カーテンをあてる

新任の薬局主任氏は
糊《のり》のついたワイシャツを　お待ちかね
あんまり時がかかるので　文句たらたら
それで　ひとは気がつく　あれは新参者だなと

彼は　礼拝式に　行くつもりだ
伝統が　承知しないので
町は小さい　文句を言ってはいけない
きっと　パウリーネは　ワイシャツをもってくる

時間は　きざみ足で　歩く
そして　ほとんど　足を上げない
退屈が　訪問に　やってくる

小母さんたちは　ひそひそと　第三者のうわさをする
そして　むこうの市場のまんなかでは
栗の木が　かるく　いびきをかく

典型的な秋の夜

夜なか　往来は　ひどくからっぽだ
ごくまれに　自動車が一台
交通のあることを　ほのめかすだけ
カサカサ音のする木の葉《こは》が
ひと群れ　あとを追っていく

木の葉は　追いたて　けしかける
そのくせ　風は　吹いていない
葉は　ぼろきれのように　カサカサ　けしかける
そして　秘密な法則にしたがう

たとえ生命《いのち》はなくとも

夜なか　往来は　ひどくからっぽだ
灯《あかり》は　もう　ともっていない
ひとは　歩く　そして　遠慮する
草の伸びる音が　きこえるかもしれない
もし　往来に　草が生《は》えていたら

天は寒く　はるかだ
天《あま》の川《がわ》には　雪が降った
ひとは　自分の足音が　さまようのを聞く
まるで　他人の足音のように
そして　自分自身と　ふたりで歩く
夜なか　往来は　ひどくからっぽだ
ひとは　寝床にはいった

今は　眠っている　誠実に　そして　正直に
そして　あすは　また
どっと　飛びだす

蕩児《とうじ》帰る

最初は　地中海までのつもりだった
もうあと半分というところで　彼は
雪の中におり　インスブルックをぶらついた
空が青かった　それが　ひどく　気にいった
そして　角にくるたびに　目を見張った

あと　まだ　十日　ひまがあった
それから　ニースへ　旅行するつもりだった
気がふれたように　彼は　うきうきし
笑って　考えた　世界は　なるほど広い

だが　そのことを　世界に　証明してやろう

かくて　出発の日がきた
すべてが　順調に　いっていた
そのとき　ふと　びっくりして　時計を見た
そして　ニースも　自然も　くそくらえと
母親のところへ　旅行した

この旅行を　彼は　すばらしいと思った
小川を見るたびに　やあこんにちは　と言った
もう　まる一年以上
家を　はなれていた
そう思うと　すこし　恥ずかしい気がした

そのとき　汽車が着き　大いそぎで
スーツケースと　鞄《かばん》をさげて　降りた

彼は　花を買って　うちへ行った
そして　花束のうしろにかくれて　言った
「ふいにびっくりさせようと思ったんですよ」

なるほど　今　彼は　ニースにも　カンヌにも　すわっていなかった
しかし　母親の部屋にすわっていた
彼女は　黙っていた　そして　ときどき笑った
そして　話をして　お菓子をもってきた
そして　いつまでも　じっと　彼を見ていた……

まる十日　彼はここにいた
最後の　ぎりぎりの時間まで
それから　彼は出発した　そして　彼女に手を振った
彼女は　四号のプラットホームに　しょんぼり立っていた
そして　涙ぐんで「やさしい子」と言った

絶望第一号

ちいさな男の子がひとり　往来を走っていた
そして　ほてった手に　一マルク握っていた
もう　遅かった　そして　店員たちは横目で
壁の時計を見まもっていた

彼はいそいでいた　彼は跳《と》び上がった　そして口の中で言った
「パン半分　ベーコン四分の一ポンド」
聞いていると歌のよう　急にそれがやんだ
手をあけた　お金がなかった

彼は　そこに立ちどまった　そして　暗やみに立っていた
ショーウィンドウの中で　あかりが消えた
きらめく星は　なるほど　きれいだが

お金をさがすには　光がたりぬ

いつまでもうごくまいとするように
彼は立っていた　そして　こんなにひとりぼっちになったことはなかった
ガラスのそとで　鎧戸《よろいど》が鳴った
そして　街灯が居《い》睡《ねむ》りをした

なんども　彼は両手をあけた
そして　なんども　ゆっくり裏がえした
つぎに　いよいよ望みが絶えた
それっきり　拳固《げんこ》をあけなかった……

父親は　お腹《なか》をへらしていた
母親は　ぐったりした顔つき
ふたりは　こしかけて　少年を待っていた
少年は内庭に立っていた　ふたりはそれを知らなかった

母親は　そろそろ　心配になった
彼女は　少年をさがしに行った　ついに見つけた
彼は　絨毯《じゅうたん》掛けの鉄棒に　黙って寄りかかり
ちいさな顔を　壁にむけていた

彼女は　ハッとして　訊《き》いた　どこに行ってたの？
すると　彼は大声で泣きだした
彼の悲しさは　彼女の愛よりも　大きかった
そして　ふたりは　しょんぼり　家へはいった

上流の娘たちの会話

ひとりはすわっている　もうひとりはねている
おしゃべりは　つきない　時は流れる
それは　おかまいないらしい

ひとりはねている　もうひとりはすわっている
おしゃべりは　つきない　ソファは汗だく
そして　ばかげた話を　うんと聞かされる

体格は　すこぶる　効果的
そして　飛び切り上等の　皮膚をもっている
一メートル　いくら　するだろう
どこからどこまで　みな　まるい
お化粧が　されている
口と　からだが　銹《さ》びないように

彼女たちの　かおりは　ビスケットを思わせる
かおることは　彼女たちの　人生の目的
頭のてっぺんから　爪《つま》さきまで
金のある男が　ひとりずつ
ふたりを　客間にすえるまで

そのとき　ひとはこれを　結婚と呼ぶ

彼女たちは　チョコレート・クリームと　時間を　かじる
夫からは　服と　帽子をもらいながら
子供は　ひとりもつくらない
したがって　彼女たちは　結局　ただ
四十四番の模型として
半ばすわり　半ばねて　暮らすだけ

あたまはきれい　そして　かなりがらんどう
そのくせ　からだは　しごく好調
それから　どんな　結論がでるか
なるほど　ひとは　彼女たちを　よろこんでながめるが
やっぱり　完全には　気にいらぬ
彼女たちが　おしゃべりを　やめるまでは

一本の木がよろしく

都会から　都会へ　旅行する
ハムパンを四枚　もう食べた
列車はよく走る　旅行は順調
ひとは　計算する　延着するかどうか
そして　高尚な趣味から解放された　気分になる

窓ごしにそとを見る　なんの　目的もなしに
同様に　目をつむっていることも　できるのだが
それから　横目で　手荷物を見る
列車のそばを　雪が　踊りながらとおり過ぎる　泥の中に一つの村
そして　いくつかの長斜方形　しかし　ふだんは　これが草原なのだ
あくびがでる　そして　手を上げるのさえ　だるい

早くも　ひとは　考える　おれはくたびれたのかしら
右側の婦人は　すこし　恥を知るといい
これ以上　どうか　おしりが近よって来ないように
人間　疲れを忘れるのは　じつに早い

ひとは　思案する　彼女をよけたものかどうか
彼女は　寄りかかる　そして　夢を見ているようなふりをする
そのとき　ふと　そとに　槲《かしわ》の木を見る
あるいは　楓《かえで》かもしれぬ　どっちでもいい
とにかく　一本の木にはちがいないのだから

そして　その時　思いだす　そしてびっくりする
二十年以来　畑を見なかった
つまり　見てはいたのだろう　だが　今のようには
最近　花壇を見たのは　いったい　いつだったか
そして　最近　白樺《しらかば》の森を見たのは

庭があることを　忘れていた
そして　そこに小鳥がいたことを　夕方になるとそれが啼《な》いた
そして　青いすみれがあったことを　母親はそれが好きだった
そして　婦人がますます押してくるあいだに
ひとは　悠々と　つぎのハムパンに手をだす

子《こ》守《もり》唄《うた》

（父親のうたえる）

坊やはいい子だ　ねんねしな
おれたちは　身内と見られてる
ほんとに　やっぱり　そうかしら
おれは知らない　ねんねしな
ママは　伯母ちゃんのとこにいる

いい子だ　しずかに　ねんねしな
それが　いちばん　お悧口《りこう》ちゃん
おれは　ずいぶん大きい　おまえは　ほんとにちいちゃい
ねんねできる子は　しあわせだ
ねんねできる子は　笑える

夜なかに　女房のそばにねると
「わたしにさわっちゃ　いや」と言う
彼女は　おれを　好きじゃない　彼女は　とても　油断がならん
魔法で　おれを　白髪《しらが》にする
いまに　どうなるか　わからん

坊やはいい子だ　ねんねしな
起きたって　いいことは　一つもない
夢じゃ　伯爵になることもある
女房が　良い妻になることも

夢ほどたのしいものはない

みんな　あくせくはたらいて　愛して　生きて　食っていく
なんのために　そんなことをしなきゃならんか
わけがわからん
おまえはパパ似と　ママはいう
ちくしょう

起こされない子は　しあわせだ
いちばん　お寝坊は　死んだひと
ママの居場所を　だれが知ろう
しずかに　パパが　びっくりさせたかい
こわがらすつもりじゃなかったが

お月さんをわすれて　ねんねしな
お星さんは　光らせておおき

パパもおわすれ　風もおわすれ
では　おやちゅみ　ねんねしな
どうか　泣くのを　やめにして……

カレンダーの格言

どんな場合にも　忘れてはならぬ
たとえ　多くのことが　失敗するときにも
みんなが　ものわかりのいい人間にはならぬ
（どんなに嘘《うそ》のようにきこえても）

卑《いや》しさの発生

だれでも　一つ　気のつくことがある　一時間ごとに　毎日
子供たちはかわいらしい　そして　正直で　善良だ
しかし　おとなは　ぞっとする

ときどき　そのことを思うと　がっかりさせられる

悪い　醜い老人たちも
子供のときは　ほとんど　申しぶんがなかった
今日の　かわいらしい　うっとりするような子供たちも
いつか卑しくなり　おとなになる

どうしてそういうことがおこりうるのか　どういう意味なのか
いったい　蠅《はえ》の羽をむしるときだけ
子供たちは正直なのか？
いったい　子供たちは　あのころすでに悪なのか

性格は　すべて　二で割れる
善と悪とは同居しているから
しかし　悪は不治であり
善は　子供のうちに　死んでしまう

睡眠をたたえる

気持ちよくあくびをして　電灯を消す
まだ　往来にだけ　いくつか　あかりがある
ひとは　横になる　しかし　まだ眠らない
隣りの紳士がやっと　帰ってくる
女と話をしているのが　きこえる

さて　まぶたを　ぱちんと閉じる
そして　目の前に　千の輪が踊る
なお　すばやく　金のことやなんか　考える
隣りの部屋では　小さな靴が　キューキューキュー鳴っている
あの女　スリッパで歩けばいいものを

冷えた枕に　頭をのせ

暗い部屋にむかって　ひとりで　ほほえむ
なんという　いい気持ち　夕方になって疲れるのは
そして　寝ることがゆるされるのは　そして　何ひとつ知らずにいられるのは
そして　あらゆる悩みが　一寸法師のように小さくなる

隣りの紳士は　いいごきげんで　目をさましている
まるで　理由なく笑っているように　きこえる
重いまぶたをあげて　ゆっくりおろす
そして　目を閉じる――そして　世界が沈む
それから　自分自身に「おやすみ」を言う

こんどは　どうか　あの黒ん坊が　来てくれないように
あいつは　ベッドへ上がってきて　ひろい場所を取り
ものすごくどならないと　出て行かない
夢はけっこうだが　愉快なやつでないと
お化けなんか　相手にしているひまはない

むかしは　おれも　子供だった――じっさい　それは　ほんとうだろうか
そして　わけなく　言ったものだった「ぼくのこころはきれいだ」と
今じゃ　もう　できないだろう
これでも　やっていけないことはない　自分の責任で
ひとは　七十三までかぞえる　そして　眠りにおちる

郊外の路《みち》

こういう路を　ぼくは　よく知っている
まるで　終わるかのように　それらは始まっている
脱脂乳を召しあがれ　と　壁に大きく書いてある
わかりきったことが　ここでは　そうでないみたいに
魚の匂いがする　馬鈴薯《ばれいしょ》と　ガソリンの
こんな路に住む勇気は　だれにだって　ない

ゆがんだ鎧戸《よろいど》から　窓が一つ　横目でながめている
そして　バルコニーには　しおれた花が咲いている

家々は　昼夜　人垣をつくり
ほかのことには　いっさい　無関心
百年このかた　ここで　こうして　待っている
だれを待っているのか　わすれてしまっている

灰いろの壁に　夜が垂れる
光で孔《あな》だらけになった　大きな古布《ふるぎれ》のように
街灯が二つ三つ　訪問にくる
そして　地下室の前に　猫がしゃがんでいるのが見える

路上で貧困と出逢《であ》ったので
家々は　ひどく　しょんぼりして　顔いろがわるい
どこかの内庭から　ごくかすかに　口論がきこえる

それから　窓が蓋《ふた》をして　眠る

これが　千の都会における　人生のながめだ
これらの路が　どこへ行くのか　誰も知らない
街角には　二つ目ごとに一軒
スカートと　自動ピアノをやる家がある

悩める男が一人　間接に　ヴァイオリンを弾《ひ》いている
テーブルが顚覆《てんぷく》する　おかみが箒《ほうき》をもってくる
脱脂乳を召しあがれ　と　壁に大きく書いてある
(だが　夜は　どうせ　それを読める者はいない)

大げさな言葉のない悲歌

ときどき　自分が　すっかりいやになり
腹が立って　自分に背中を向けたくなることがある

それが　道理にかなったことかどうか　だれに判断できよう
しかし　自分を知る者は　きっと　わたしを理解してくれるだろう

電車が一台とおり過ぎたとき
ひどく　びっくりすることがある
なぜ　あっさり　あの下に寝ころばなかったのかと
そして　そんな場合が　百ぺん以上ある

ひとは　しょっちゅう　おなじ手を洗わなきゃならないなんて
そして　節操のある者は　すでに　限られている
このうえ　何によって　自分をびっくりさせたらいいのだ
自分のことを考えるだけで　あくびをせずにいられない

つくづく　自分に　あいそがつきる
こんな気持ちは　言葉では　全然あらわせない
じっと　自分をながめる――そして　そのながめに耐えられない

そして　自分自身が　すっかりいやになる（前節参照）

ひとは　どんなに　いろんなものになりたいだろう
一枚の画《え》　一冊の本　森の中の一里塚か
一株のアネモネ　でなければ　ほかの何かに
とんでもない　そんなことになってはたいへん

しかし　そんな日も　また　めぐり去る
そして　ひとは　また　いばりつづける
医者はうなずいて言う　それは神経だと
さよう　ひとは　頭がよすぎると　また　ばかになる

母親が決算する

うちの息子ときたら　消息が絶えたも同然
ということは　復活祭に手紙をよこしたきりだ

よくわたしのことを思いだす　と書いてあった
いつものように　心から　わたしを愛するだろうと

このまえふたりが会ったのは
ちょうど　二年と九か月前だった
ときどき　わたしは　レールのそばに立つ
ベルリン行きの列車が出るとき――そこにあの子は住んでいる――

いつだったか　切符《きっぷ》を買って
もうすこしで　ベルリンへ行くとこだった
でも　それから　やっぱり　出札口《しゅっさつぐち》へ行った
そこで　切符を　買いもどしてくれた

一年前からあの子には　あそこで婚約者ができている
もう　ながいこと　彼女の写真を送るといっている
結婚するときには　わたしを呼んでくれるだろうか

そのときには　ぜひ　クッションに　ししゅうをしてやりたいんだけど
ただ　そんなものが　彼女に気にいるかどうかわからない
彼女はあの子を　十分に愛しているのかしら　彼にとって不足がないほど
ときどき　わたしは　この世で　とてもひとりぼっちになった気がする
いったい　これ以上やさしい息子たちが　いるのかしら

いっしょにいた時分《じぶん》は　どんなにたのしかったろう
ひとつ家のなかで……ひとつ都会で……
夜なかに目がさめて　ねながら　列車の走る音をきいている
あの子は　今でも　咳《せき》をしているだろうか

あの子の子供靴を　まだ一足　わたしは持っている
今じゃ大きくなって　わたしを　こんなにひとりぼっちにさせる
わたしは　じっと　こしかけている　そして　こころが落ちつかない
子供がちいさいままでいたら　いちばんいいのだが

鏡の中の心臓

医者は　ある数字を　書きとめた
彼は　徹底的な　男だった
それから　彼は　断乎《だんこ》として言った「いちどレントゲンで見ます」
それから　ぼくを　隣りにひっぱっていった

そこで　ぼくは　冷たい金属のあいだに
拷問《ごうもん》をうけるために　立たされた
部屋は　うまやのように　暗かった
そして　浮世のそとにあった

それから　レントゲン線が　ブーンとうなった
透視板が　明るくなった
そして　医者は　真剣な顔で

ぼくの肋膜を　透かして見た

透視板は　彼の画架だった
ぼくは　感動のあまり　直立不動の姿勢をとった
彼は　熱心に　図をかいて　言った
これが　あなたの　レントゲン写真です

それから　彼は　ひどくもったいぶって
一枚の鏡をもってきて　ぼくに見せた
そして　言った「この鏡の中に　全部　ごらんになることができます
地下にかくれたあなたの根を」

何から何まで　彼の説明をききながら　ぼくは
ぼくの　生きているからだの構造を見た
ぼくの　活動している　横隔膜を
それから　呼吸している　肋骨《ろっこつ》も

そして　肋骨のあいだに　ピクピク動く
影のような　腫《は》れ物《もの》があった
それは　ぼくの心臓だった　まるで
ふるえているインキのしずくと　そっくり

正直なはなし　ぼくは　狼狽《ろうばい》した
ぼくは　石のようになって　立ちすくんだ
これが　きみに捧げた　ぼくの心臓だったのか
いとしいヒルデガルト

過去は　水に流そうじゃないか
ぼくを　修道院に　行かせておくれ
鏡のなかの心臓を　見たことのない者には
この気持ちは　わからない

いちばん　賢明なのは
すみやかに　ぼくをわすれることだろう
なぜといって　ぼくのみたいな　こんな心臓は
贈物にする品物じゃない

けんのんなカフェー

最近　ぼくは　夢を見た　ぼくのなじみのカフェーが
ある島の　椰子《やし》の下に　建っているのを
ぼく自身知っているのは　ヴァルネミュンデだけだ
夢は　とかく　海外へ旅行したがる

ぼくは　窓ぎわにこしかけ　沈黙におちいった
いつも　方向番号56が停まるところに
一種の原始林が　できていた
そして　オラン・ウータンが　枝のなかに　ぶらさがっていた

たしかに　ついこのあいだまで　それはなかった
こんなに　たやすく　メートル尺が変わるとは
ぼくがくる前は　そこは　まだ　プラーグ街だった
こしをおろすと　もう　スマトラになっていた

最初　ぼくは　給仕に訊《き》こうとした
つぎに　訊いても　むだだと思った
たとえ　彼に　その意志があったとして　ウルバーネクという給仕が
どんな意見を　述べればいいのか

それから　ドアがあいた　ウール博士だった
そして　そのうしろから　黒豹《くろひょう》が一頭あらわれた
それが　ぼくのテーブルの　明いた椅子《いす》に
まるで　知人のように　こしをかけた

ぼくは　狼狽《ろうばい》して　タバコはいかが　と訊いた
豹はじろりと　ぼくを見た　そして　ひとことも言わなかった
そのつぎに　亭主が　自身でやってきて
珍客の腹を　くすぐった

給仕が　ベーコン入りのうらごし豌豆《えんどう》を　もってきた
彼は　おっかなびっくり　つまさきで歩いてきた
豹は　上等のごちそうに　目もくれず
給仕を食べた　きのどくなウルバーネク

二階から　ビリヤードの音がきこえた
黒豹は　まだ　午餐《ごさん》中だった
ぼくは　なじみのカフェーに　びっくりしてこしかけていた
そして　見えるものは　森ばかり　そして　停留所は
なかった

それから　電話に呼ばれたので
（ある依頼人が　仕事のことで　ぼくと話がしたかった）
ぼくは　よぎなく　急に立ち上がった
帰って見ると　ぼくは眠っていた

部屋借りの憂《ゆう》うつ

すきなように寝られる人間は　大ぜいいる
人間　すきなように寝たいのはあたりまえだ
天は別の人間を　罰しようとして
彼らを　家具つきの　部屋借りの紳士にする

天は彼らを　しかめつらの婦人たちのところに　追いやる
貸し間に　またときとして　下宿屋に
くだらない絵が　額ぶちから外れかかっている
そして　家具類は　音ひとつたてない

タオルさえ　きれいなままでいたがる
三つ咳《せき》をすれば　一マルクかかる
この老嬢たちを描写するには
どんなに強い言葉も　強すぎはしない

ピアノと　物の上面と　椅子《いす》は
主義として　つねに埃《ほこり》だらけ
そして趣味の適用は
転借人《またがりにん》には　ゆるされない

そして　彼女たちは　人形のように　うなずくのが精いっぱい
くちびるが　だんだん凍っていくので
転借人たちは　家族と称する国の
進駐軍だ

許されていることは　すべて　禁じられている
恋愛をしたい者は　森にはいらなければならない
それでなければ　むしろ　一つの結び目を
彼の男性につくったほうがましだ　しかも早いとこ

全国から来ている部屋借りの紳士たちは
よそびとらしく　黙々と　その部屋に立っている
状態を変えうるのは　結婚だけ
（しかし　結婚となると　いっそう始末がわるい）

計画的な同時代人

ああ　なんと　彼は将来を　そらんじていたことか
彼は知っていた　自分が死んだあと
自分の妻や子供たちが
支払ってもらうはずの金額を

彼は　生命と　死亡と　盗難と　火災に
保険をつけた
父として　また夫として　有名だった
彼は運命を完全に掌握していた

そして　たとえ地軸が曲がろうとも
彼は知っていた　二十年後の五月一日に
（もしも彼が生きていると仮定して）
いくら月給をうけとるか

習慣が　高い壁で　彼を囲んだ
壁が　ますます　せまってきた
そして　自分が　ひどくかわいそうになりだした
いつもではないが　ときどき

精神生活の向上も　いまは　なんの役にもたたなかった
彼は知っていた　あすは何が協議されるか
おたがいが　なんと答えるか
いつ　どう　話がうち切られるか

愛することも　呼吸をすることも　新聞を読むことも
みんな　一つのお役目になった
かつては彼も　人間だったのに！
もうまにあわない　彼は思った　ちくしょう　と

いろいろ　逃亡の計画が浮かんだ
特に　アメリカ行きのことを考えた
しかし　女房が異議をとなえるかもしれないのが心配で
そのつど　やっぱり　そこにとどまった

大晦日《おおみそか》の格言

病馬のように
年にプログラムを負わせてはいけない
あまり重荷を負わせると
しまいには　へたばる

計画がはなやかに咲きみだれるほど
実行がむつかしくなる
ひとは努力しようとする
そして　ついに進退きわまる

赤面しても　あまり役にたたない
やたらにあれこれと手を出すのは
害があるだけで　なんの益もない

プログラムを棄《す》てるべし　そして心がけを改めるべし

天　才

未来にむかって飛躍する人間は
たおれる
そして　たとえ飛躍が失敗しようと　成功しようと――
飛躍する人間は
ほろびる

自動車で田舎《いなか》を

とくべつ天気のいい日には
空は　ほとんど
青い磁器でできたよう
そして　巻き雲は

ぼくたちが　皿の上に見たような
うす墨でかいた　白いマークのよう

ひとびとは　みんな　元気づき
たのしそうに　斜め上を　細目でながめ
自然を賛美する
パパは　大胆に　大声をあげる
「この天気じゃ　断然　卵が産みたくなるよ」
（まさか　きっとパパは　ほらを吹いてるだけだ）

そしてパパは正確に操縦する
山を越え　谷を越え
パウラ伯母さんは　吐きけがする
しかし　ほかの親戚は
景色に見とれて　うちょうてん
そういえば　たしかに　いい景色

あかるい空気と　牧場《まきば》のそよ風が
ガソリンに　たっぷり割られて
頭のまわりを　吹いている
テオバルト伯父さんは　見たものをいちいち
ふるいにかけて　報告する
伯父さんがいないでも　見えるのに

力のかぎり　歌声をはりあげ
調子よく　運転をつづけつつ
猟区を流れる　人のむれ
車は　ますます　スピードをだす
「いつまでたっても　森ばかり　ビールはどこにもないぞ」
耳にきこえるパパの声

だが　やっと　さがした甲斐《かい》があって

パパはビールにありつく　ぼくたちは菓子に
そして　自動車はひと休み
伯母さんは　給料の不平を言う
そして　そろそろ　寒くなる
それから　ぼくたちは帰路につく

轢《ひ》かれるときの感想

おっと待ってくれ　おれの帽子　これがこの世の見おさめか
こういうバスなんて　大きなものだ
おれの両手は　どこへいった
おれに　こんなことがおこるなんて

すぐそばにアルトゥアが　住んでいる
それに　雨が降っている　すんだことはしょうがない
こんなおれを　ドロテーが見たら

ひとりのときで　しあわせだ

くるとき　劇場の切符《きっぷ》は
ポケットに　入れたかな
パスタナックは　待ってるだろう
契約は　ほとんど　できていた

机の鍵は　ちゃんとかかっていたかな
おれがいないと　シュテルンは破産だ
きのうは　得意の馬の上
きょうは　はやくも神のみもとか

どうか　うちへつれていかないでくれ
ドロテーが　あんまりびっくりする
メフィストは誰が歌うだろう
まあ　いい　どうせ　もうおれは聴くわけじゃない

むろん　おれは　上等の
紺《こん》の背広を着てるはず
はじめは　ずいぶん泣くことだろう
でも　あとから　つぎの男がくる

立ちどまるんじゃない　人だかりは
じっさい　くだらない
天国なんか　ないといいな
おれは　そんなとこへ行く柄《がら》じゃない

葬式は　一等
音楽つき　本物の棺で……
ドド　きみは埋葬費積立組合から
約千マルク　うけとれる

ほかのやつも死にたがるだろう
しかも　全速力で
きみに遺《のこ》すものは　家具だけだ
せめて　貯金でもしてあったら……

それから　いそいで　医者が来た
やっぱり　なんの役にも立たなかった
礼儀上　しばらく残っていた
そして　それから　また帰った

極上の天気

あんなに悲しかった日は　どこへ行ったのか
あんなにぼくたちを参らせていた　悲しさは
陽《ひ》はかがやき　ことしは順調だ
しゃくにさわって　どなりながら　飛びだしたいようだ

風船玉になって　青空いっぱいに

緑の木々は　まっさらに洗われている
空は　巨《おお》きな　青い　琥珀織《こはくおり》でできている
日光は　クックツわらいながら　鬼ごっこをする
ひとは　すわって　ほほえみ　幸福を壜詰《びんづ》めにする
そして　自分自身といちばん　親密な近所づきあいをする

飛ぼうと思えば　飛べそうな気がする
椅子《いす》をはなれ　コーヒーとお菓子をもって
ソファにねるように　白い雲の上にねて
ときどき　前にかがんで　考える
「それじゃ　あそこのあれがシュプレー河だ」

花と話ができるだろう
そして　婚約者をさするように　牧場《まきば》をさすることも

自分を　みじんに分裂させ
感動のあまり　合掌することができるかもしれない
手なんて　もう　ほとんどそのためにつくられてはいないのだが

ひとは　疑問でいっぱいになり　髪をひっぱる
陽はかがやく　また分別をとりもどしたかのように
あんなに悲しかった日は　どこへ行ったのか
断然　しゃくにさわって　飛びだしたいようだ
ただ　いちばんこまる問題は　どこへ　ということだ

ケルナー支配人はうわのそら

ときどき
もったいぶった男たちが　あつまって
きみも　いっしょに　そばに　立っているとき
そっと　きみは　その場をはずしたくなる

どこへ？　どこへでもいい
ただ　一刻もはやく　ひげを　とってしまいたい
そして　きみのひたいのしわも
大脳も　小脳も
そして　それっきり　きみは　もう　動きたくない

そして　ほしいのは　もう　母親のエプロンだけ
ほんとうにあれはやわらかで　明るかった
幼年期がかなしんでいた　あんまりそのあいだが短すぎたのを
あんまりはやく　過ぎてしまった

そして　きみが　思いに沈んだようすをしているあいだ
男たちは　まだ　まわりに立っている
彼らは　しきりに　論議をする　きみだけが黙っている
そして　彼らは　きみに　意見をきく

「短すぎる」ときみは言う　きみがそう言うのは
幼年期が　短すぎたように　思われたからだ
ところが　彼らが言っているのは　シマー商会に対する
支払期日のことだ

そのとき　脚をふんばり
両手を腹につっぱって　立っている一人がさけぶ
「これで　やっと　話がついた
ケルナーも　同意見だ」

きみの言ったことが　彼には　わからなかったのだ
しかし　これにも　やっぱり　都合のいいことがある
要するに　話がとんちんかんにさえならなければ
ところが　ならなかった

ひとり者の旅

ぼくは　母と　旅行をしている……
ぼくらは　フランクフルト　バーゼル　ベルンをとおり
ジュネーヴ湖に来た　それから　そのへんをひと回りした
ときどき　母は　物価をののしった
今　ぼくらは　ルツェルンに来ている

スイスはきれいだ　ひとは　それになれなければならない
ひとは　山々に登り　湖水をわたる
あまり美しいので　ときどき　お腹《なか》が痛くなる
息子たちと旅行をしている　母親たちに
よく出あう

自分の母親と旅行をする　こんなにたのしいことはない

とにかく　母親たちは　いちばんいい女性なのだから
ぼくたちが少年だったころ　彼女たちはぼくたちと旅行をした
それから　何年か経たあと　いま　ぼくたちと旅行をする
まるで　彼女たちが子供でであるように

彼女たちは　いちばん高い峰を　おしえてもらう
世界が　もういちど　絵本のようになる
湖水が完全にぼやけると　彼女たちは口をつぐむことができる
そして　列車に乗るときは　いつも
ショールを心配する

いつものように　はじめは　おたがいに　まだすこし慣れない
おたがいが　よぎなく　離れて暮らすようになってから
ひとは　今　おなじ部屋に寝る　かつてのように
そして「おやすみ」を言う　そして電灯のあかりを消す
そして　おたがいに　一つ　キッスをする

しかし　慣れないうちに　おしまいになる
ぼくらは　ぼくらの母たちを　うちまで送っていく
ハウボルト夫人は言う　わたしはとてもすてきだと思うわ
それから　ぼくらは　ぼくらの母たちと　かんたんに手を握り
また　世の中にとびだす

さっぱりだめになった笑い

ある日　突然　彼はハッとする
もう　ずっと前から　自分が笑わなくなったことに
そして　今　彼は　自分の経歴をしらべる
そのあいだ　いったい　何をしてきたか

すべてが罪悪だったこともある　彼はまだ知っている
けだもののように　罰《ばち》あたりなことを言ったことも

ものごとに　いちいち　理由を求めたことも
まるで　襟《えり》のボタンでもさがすように

だが　今　彼は　やっぱり陽気になって笑いたい
むかしは　りっぱに　それをやってのけた
そして　今彼は　むかしのように　それをやるだろう
そして　彼はポーズをつくって——笑う

ああ　身の毛のよだつような　いやな笑いだ
彼はぞっとする　そして　いそいでまた黙る
なぜ　もっと　自然らしくきこえなかったのか　と　自分にむかって訊《き》く
そして　理由がわからない

そして　おおぜい腰かけているあそこへ　出かけていく
そうすれば　きっと　彼らのようになるだろう　と思ったので
そして　彼らは　無数の洒落《しゃれ》をおもしろがる

ただ彼自身だけが　まるっきり　にこりともしない

彼は決心する　いちど　無駄使いをしてやろうと
しかし　都会をみると　すぐ
そんな　いろんな　なぐさみが
なにか　憐《あわ》れに思われるのに　気がつく

このあやまったうぬぼれが　彼を滅入《めい》らせる
そして　彼は　自分の心にむかって「乾杯《プロースト》」と言う
愉《たの》しさはもはや去った　そして　まだもどらない
それに対して　どう心をなぐさめていいかわからない

しまいに　彼は　バスにとび乗る
そして　夜が更けるのもかまわず　めちゃくちゃに走る
そして　まだ待たなければならないのだな　と思う
完全に　自分から　また笑うまで

夜の路上《トロトアール》カフェー

亭主が　見切売りで買った
七本のしゅろのうしろにすわり
ひとは　自分の新聞を読むことができる
そして　給仕たちは　壁によりかかっている

外套《がいとう》掛けには
帽子がぶらんこし　日ぐれの風が　それを
果物に変えたがる
しかし　帽子は　いぜんとして　帽子だ

星が　電光広告をする
あいにく　誰のためか　よくわからない
そして　夜は　しとやかな淑女ではなく

ぼくたちに　おしりを見せる

評判の調理場では
ふとったコックが　ヒレ肉と　魚を焼く
そして　ありったけの匂いを
ロハで　テーブルにくばる

今　もし　ひとが　草原にねそべり
そして　一匹の野呂鹿《のろじか》が　森の中から歩いてきたとしたら……
最初の問いは　きっと　こうだろう
「もしもし　ケストナーさん　あなたの給料は　お幾ら」

そこで　ひとは　しょんぼりすわったままだ
そして　しゅろを　あたかも自然と考える
甘いこぼれに　蠅《はえ》がとまる
そして　月は　ただ　市役所の時計にすぎない

七本のしゅろが　扇子《せんす》をつかう
かれらも　そろそろ　暑くなってくるので
そして　夜は　びっしょり汗をかきながら屋根の上にすわる
そして　一人の客が　バニラ・アイスを注文する

自殺者たちがえぞぎくの花束をにぎって

いくたび　ひとは新聞で読むだろう
だれそれが——金を横領した
逃げるには足りないが　ぶちこまれるにはたっぷりあるので——
母の墓前で短銃自殺をする　と

自殺者たちは両親の墓のそばで
小さな　みどり色のベンチにこしかけ
すべてがどうしておこったのか　もはや理解ができない

そして　年をとり　病気になったような　気分になる

出かける前に　うちで　彼らは言った
(誰かが　なんのために　と　訊《き》いたとき)
大いそぎで　花を二、三本　もっていくだけですと
そして　自殺をします　とは言わなかった

自殺者たちは　えぞぎくの花束をにぎり
石に刻まれた文句を読む
「ここにわれらのよき母Z夫人ねむれり」
そして　考える　彼女はゆるしてくれるだろう　と

楓《かえで》の並木道の　もう一方のはずれで
葬式がおこなわれている
彼らは　シルクハットと　知らない人たちの不幸をながめ
讃美歌の男声合唱を聞く

自殺者たちは　芝生の下にねむっている
母たちに　ほほえみかける
死んだ者には　もう目が見えぬことを
いいあんばいだと　自殺者たちは思う

天気はふつう　空は灰いろ
彼らは生きることにうんざりした
彼らは亡き母にすべてを懺悔《ざんげ》する
そして　これは　一つの美点

彼らは　短銃をポケットに忍ばせる
今にも　ものすごくたくさんの　不名誉がやって来そうなので
彼らの罪がまだ発覚しないうちに
短銃で自殺をする……

いくたび　ひとは新聞で読むだろう
だれそれが――金を横領した
そして　そのおそろしさにこのうえ堪《た》えられなくなったので
母の墓前で短銃自殺をする　と

都会人のための夜の処方

どれか　ひとつのバスに乗るのだ
いちど乗り換えることは　さしつかえない
行き先は問わない　それは　あとで　きっとわかる
だが　気をつけなければならないのは　夜でないといけないこと

いちども見たことのない土地で
（こういう場合　これは非常にだいじなことだ）
バスを降りて　暗やみに立つのだ
そして　そこで　待つのだ

目に見える　あらゆるものの　寸法をとる
門　破風《はふ》　木　バルコニー
建物と　そのなかに住んでいる人間の
じょうだんにやっていると　思ってはいけない

それから　路《みち》を歩くのだ　縦横に
あらかじめ目的をきめて　それを追ってはいけない
じつにたくさんの路がある　ああ　じつにたくさんの
そして　曲り角にくるごとに　そのむこうに　さらに
　たくさんの路が

この散歩は　ゆっくりやらなければいけない
これが　いわば　厳粛な目的にかなうのだ
これが　忘れていたものを　よびさますはずだ
そこまでこぎつけるのに　だいたい　一時間かかる

そのとき　ひとは　果てしないそれらの路を
一年あるいているような　気がするだろう
そして　ひとは　自分自身に恥ずかしくなってくる
そして　脂肪がつきすぎた　自分の心臓に

そのとき　ひとは　知らなければならないことを　もういちど知る
(満ち足りたなかで　盲目になっているかわりに)
ひとは　少数のなかにいるということを
それから　最後のバスに乗るのだ
それが　暗やみに　消える前に

ある妻の寝言

夜なかに目がさめたとき
びっくりするほど　彼の心臓が鳴った

隣りにねていた妻が　笑ったのだった
世界の末日ででもあるような　声だった

そして　彼は　彼女の声が訴えるのをきいた
そして　そのくせ彼女が眠っているのに　気がついた
ふたりは　暗がりに　目も見えずねていたので
彼には　彼女のさけんだ言葉しか　見えなかった

「なぜ　もっとはやくわたしを殺さないの」
彼女は訊《き》いて　子供のように泣いた
そして　彼女の嗚咽《おえつ》は　夢がおしこめられている
あの窖《あなぐら》から　きこえてくるのだった

「このさき　何年　わたしを憎むつもり」
彼女はさけんだ　そして　無気味なほど　静かにねていた
「わたしが　あなたなしには　生きたいと思わないから

それで　あなたは　わたしが生きつづけることを望まないの」

彼女の問いが　そこに立っていた
われとわが身を怖《おそ》れる　幽霊のように
そして　夜は黒くて　窓がなかった
そして　なにごとがあったか　知らぬらしかった

彼（ベッドの中の夫）は　笑うどころではなかった
夢は真理を愛するという……
しかし　彼はひとりごとを言った　「どうなるもんか」
そして　夜は　もう　目をさまさないことにきめた
そこで　彼は　元気をだして眠った

レッシング

彼の書いたものは　ときとして　詩だった

しかし　詩作をするためには　けっして　書かなかった
目標はなかった　彼は　方向を見つけた
彼は　男だった　そして天才ではなかった

彼は　辮髪《べんぱつ》の時代に生きていた
そして　彼自身　彼の辮髪をつけていた
それ以来　多くの頭が生まれたが
これほどの頭は　二度と生まれなかった

彼は　不世出の男だった
サーベルを振り回しはしなかったが
言葉で　敵を斬《き》りまくった
降伏しない者は　一人もいなかった
彼は単身で　堂々と闘った
そして　時代の窓を　打ち破った

単身で　勇敢であることほど
世に危険なことはない

不信任投票

きみたちは言う　おれたちには　きみたちの心が読めるのだ　と
そして　同時にきみたちはうなずく　そして卑下する
きみたちは言う　おれたちにも　若い時があったのだ　と
それはそうかもしれない

きみたちは　ひげの中にコンフェッティーをくっつけて
そして　言う　きみたちは　ひとりぼっちじゃない
おれたちは　きみたちの友達だ　と
それはそうかもしれない

きみたちは　仔羊《こひつじ》のように　牧場《まきば》を跳《は》ねまわり

そして　子供たちと輪舞を踊る
きみたちは言う　きみたちは　おれたちを信頼しなければいけない　と
それはそうかもしれない

ぼくたちを愛そうと　憎もうと　きみたちの勝手だ
きみたちは　ただ　義務だと思って　そんなことをするのだ
おれたちにまかせろだって
ああ　むしろ　やめておこう

秋は全線に

今や　秋は　風に拍車をかける
色とりどりの　葉のカーテンが揺れる
路《みち》は　ドアのあいている
廊下さながら

年は　月賦《げっぷ》で過ぎる
それも　また　もうすこしで終わろうとしている
そして　ひとのすることは　行為であることはまれだ
ひとのすることは　見せかけだ

太陽は　あたかも　照らしているかのよう
それは　ぼくらを　冷やしたままだ　それは　見せかけに照らしている
ひとは　胃の腑《ふ》を　引き綱につなぐ
胃はうなる　それは餌《えさ》をほしがっている

葉は　いろあせ　ますます黄ばみ
枝に別れをつげて　落ちる
地球は自転する
酒を飲むとき　はっきり　それに気がつく
ひとは　いったい　ほんとうに　ただ

歳月のように過ぎ去るためにだけ　生まれたのだろうか
路は　ドアのあいている
廊下さながら

時は巡邏《じゅんら》する
ぼくらは　一歩一歩　そのあとにつづく
そして　おもむろに　わすれられていく
ぼくらは　案内される　ぼくらは　いっしょに走る

ひとは　つめたい表情で　世間にあいさつする
そのにこやかさは　本心ではない
色とりどりの葉の　カーテンが揺れる
今や　雨さえも降っている　天が泣いている
ひとは　ひとりぼっち　そして　このままだろう
ルートは旅行中だ　そして　連絡は

たんに　文通だけ
もはや　恋愛は　むかしがたり

勝負は　徹底的に　負け
それにもかかわらず　それはつづくだろう
路は　ドアのあいている
廊下さながら

厭世家《えんせいか》とは簡単にいうと

厭世家とは　簡単にいうと
万事が気にいらない男だ
そして　その点で　彼はだだをこねるのだ
そのくせ　他方において　彼は　結局
すべてが悪であればこそ
よろこぶことができるのだ（そもそも　よろこぶことができるとすれば）

彼らの一人がぼくに説明してくれた　それがどんなふうか
そして　何がいちばん彼をよろこばしたか
「人間は　誕生という　いちばん不幸な瞬間には
かならず　その場に居あわす(と彼は言った)
だのに　それこそいちばん　幸福な経験を
つまり自分の葬式を　一生味わわない」と

郊外の別れ

千たび　彼女とともに立った
街灯の下に　ふるえながら　立っていると……
彼女が　子供のように　おずおずと　暗がりへ歩いていくと
ひとは　無言で手をあげ　あいさつをする
これが　最後のあいさつだと　知っているから

そして　彼女の歩きぶりで　彼女の泣いているのが　わかるから
この路《みち》は　いつも　こんなに灰いろだったろうか　そして　いつも　こんなに裸
　だっただろうか
ああ　ただ　満月が照らしていないだけだ

ひとは　ふと　晩めしを思う　そして　そのことを
まったく　ふさわしくない　と思う
彼女の母親は　二年間　おどしてきた
きょう　やっと　彼女は従うのだ　そして　うちへ帰るのだ　そして　寒がっている

希望と　なぐさめと　ほほえみを　彼女は運び去る
そして　ひとは　彼女を呼びたい　そして　黙っている
そして　彼女は歩いていく　そして　ひとことを待っている
そして彼女は歩いていく　そして　それっきり　ふりかえらない

気圧の葛藤

樹々《きぎ》は横目で　空をジロリ
天気をしらべて　ささやく
「ことしは　まるっきり　わからん
さて　いっしょに葉を出したものか
ひっこめたものか
それとも　どうだろう」

あたたかだったのが　また　うすら寒くなった
給仕たちは青くなり
のべつ　気にする
「これじゃ　いっしょに　椅子《いす》を出したものか
ひっこめたものか
それとも　どうだろうな」

男女づれは　夜ふけ　明かりを避ける
並木道のベンチに　ちょいとためしに
こしをかけ　考える
「感情を出したものか
ひっこめたものか
それとも　やっぱり」

春は　ことしは神経に来て
いわゆる血に　まるっきり来ない
太陽を缶詰にして配達するやつは誰だ？
まあ　うまくいけば
いまに　すべて
よくなる

もうあたたかだ　このままつづくだろうか？

つぼみは駆け足ではじける
そして　心も花を咲かせたがっている
それゆえ　椅子を出すべし
そして　感情をひっこめるべし
あたかも！

発育不全型

なるほど　発育不全型も　男にはちがいない
しかし　彼の男らしさには　限度がある
なるほど　彼は　女性の面倒は見る
しかし　ほかの男たちは　徹底的に責任を負う

なるほど　発育不全型は　やむを得ぬ場合には
女性を得るために　苦心惨憺《くしんさんたん》はする
しかし　最終的な成功は

はじめから　まったくあきらめている人間だ
彼は　無報酬で　女性にサービスをする
彼は　卸《おろ》し売り的に愛する　総額的に愛する
人間以上に　愛を愛する
一言《ひとこと》にして言えば　精進料理的《しょうじんりょうりてき》に愛するのだ

彼は　どならない　興奮しない
目がきくので　買い物を手伝う
彼の目は　女性を　画《え》にする
ほかの男たちは　ちがった目で見る

発育不全型は　今に始まったことではない
それは　ゲーテによって証明されている
彼のクレールヘンは　エグモントに忠実だった
しかし　エグモントは　たいがい　武勇伝でいそがしかった

そのとき　家へはいってきたのが　ブラッケンブルク氏だった
彼は　無聊《ぶりょう》をなぐさめ　洗濯物の取り入れを手伝った
夕方　彼女は　彼をほうり出した
ゲーテの作品を知る者は　その理由を知っている

発育不全型は　ひっぱりだこだ
なぜなら　彼らは謙虚で　求むるところがないから
彼らは　補償を求めない
彼らは　そこにいて　崇拝する以外に　何ひとつ求めない

彼らは　きみたちを　台座の上にあげ
台座は　きみたちを　記念像として　字義どおり除幕式を行なう
それから　彼らは　単眼鏡《モノークル》をかけてながめる
そして　きみたちの　近づきがたいのに　おどろく

それから　彼らは　跪《ひざまず》いて礼拝する
きみたちは　あくびをして　眠るまいと苦労する
さいわい　ときどき　ひとりの男が来て
きみたちを　台座からひきおろす

同級会

いつかのように　彼らは
居酒屋の二階で　おちあった
そして　十年　齢《とし》をとっていた
彼らは　ビールを飲んだ　（そしてフップを踊った）
そして　九柱戯《ケーゲル》クラブのような　感じをあたえた
そして　給料の額を言った

彼らは　股《また》をひろげて　こしかけていた
そして　舞台の感激した俳優のように

青年時代の話をした
どっちを見ても　ほてい腹《ばら》だった
それに　女房も持っていた
五人は　父親になっていた

彼らは　元気に杯をかさねた
そして　頭は　洒落《しゃれ》にもっているだけ
ただの　帽子掛けにすぎなかった
彼らは　声が大きく　たしかに
一体の鋳造品だった　しかし　中身はがらんどう
そして　しゃべることがなかった

しまいには　女房のからだのかっこうや
乳房や　そんなふうのことを
ことこまかに　自慢した
やっと三十になったばかりだのに　もう　おそすぎる

彼らは　股をひろげて　傲然《ごうぜん》と　こしかけていた
まだ息のある屍《かばね》のように

そのとき　閉会ちかく　ひとりが立って
ふいに　言った　きみたちには
うんざりした
せいぜい　うんと　ひげを生《は》やして
きみたちのような子供を　百人つくりたまえ
おれは　これから帰って寝る――

なんで　あの男が帰ったか
あとの連中には　よくわからなかった
彼らは　彼の名前に棒をひいた
そして　遠足の申しあわせをした
日曜日の朝　山番小舎《やまばんごや》へ
しかし　こんどは　ご婦人づれで

静かな訪問

このあいだ　彼の母が訪ねて来た
でも　たった二日しか　いられなかった
そして　彼女は　絵はがきを書かなきゃ　と言った
そして　彼は　ある分厚な本を読んだ

むろん　あまり身がはいらなかった
彼は　バスをながめた
それから　河のほとりの　金いろをした四阿《あずまや》と
通りすぎる船を

母は　頭をかがめていた
そして　ちょうど　父にあてて書いていた
「今夜　わたしたちは　劇場に行きます

エーリヒが　切符《きっぷ》を二枚もらったので」

彼は　熱心に　読むふりをした
でも　やっぱり　近くや遠くをながめた
天と　一万の星を　ながめた
そして　その下にこしかけている老婦人を

さびしげに　彼女は　息子の隣りにすわっていた
かすかにほほえみながら　自分では気づかずに
都会と　星が　背景のような印象をあたえた
そして　ホテルの椅子《いす》は　王座のようだった

彼は　この光景に胸をうたれた　彼は目をそらせた
彼女がぼくに手紙を書くときは　と思わずにいられなかった
ちょうどこんなふうにして　頭をかがめるだろう
それから　彼は読んだ　そして一字も頭にはいらなかった

母は　テーブルにむかって　すわっていた　そして書いていた
彼女は　まじめくさって　眼鏡をなおした
そして　しんとしたなかで　ペン先がガリガリ音をたてた
そして　彼は考えた　ああ　ぼくは彼女を愛している

雨の日の朗吟

雨は　降りあきない
気のめいるような　撚糸《よりいと》が降る
こんなとき　頭蓋骨《ずがいこつ》のうすい者は
脳味噌《のうみそ》の中へ雨が漏《も》る

喉《のど》がちくちくする　背中が凝る
バクテリアのむれがうなる
雨は　しだいに　心臓に達する

いったい　どうなるのだろう

雨は　皮膚に　孔《あな》をあける
そしてよくあるように　この憂《ゆう》うつが
皮下に発生して　それがぼくたちをめいらせる
ぼくたちは　多孔質にできているのだ

数週間以来　雲の樽《たる》がころがっている
地平線から　地平線にむかって
褐色のフロントをもった　向こう側の新築は
雨のため　日ごとに　色があせる
今ではブロンドだ

太陽は　蛾《が》よけの袋をすっぽりかぶせられ
まるで　もはや　生きていないかのよう
ああ　ひとが悲しげにとぼとぼ歩く並本道は

さむざむとして　人かげがない

ひとは　ベッドにもぐる
雨の中にしょんぼり立っているより　このほうが気がきいている
これでは　とても　やりきれぬ
これが　このうえ　そうつづいては

小さな日曜日の説教

日曜日ごとに　ひとは　心配になる
そして　かなり　不愉快になる
なぜなら　ひとは　彼の新聞の
月曜版のことを　考えずにいられないから

日曜日には　殺人が
かならず　二十は　おこっているから

時間をかけて読むひとは
全部　それを　読むにちがいない

嫉妬《しっと》と　悪意は
ほとんど　まる一週間　沈黙する
しかし　日曜日の朝から　夜半にかけて
それらは　まさに　新時代を画する

ふだんは　だれも　そんなことに
かかずらっている暇がない
しかし　日曜日は　休息する
そして　ひとは　気ままにふるまえる

やっと　ひとは　暇ができる
散歩をし　のらくら時を過ごし
女房にけんかを吹っかける

そして　彼女と　一家族を　手にかける

じっさい　もっと　気のきいたことはないものか
下等な人殺しのように　自分を
家族もろとも　むぞうさに
冥土《めいど》に送る以外に

ああ　たいがいの人間は
無為に適さぬ
退屈が　彼らを　盲目にする
それから　こんなことがおこる

義務も　目的も　生活難もなく
もし　彼らが　天国でくらしたら
最初の結果は　おそらく　こんなことになるだろう
みんなが　みんなを　ぶち殺す

シュナーベルのフォークの寓話

あなたがたはご存じですか　クリスチアン・レーベレヒト・シュナーベルを
ぼくは　彼を知っていた
彼の時代の前に　四本叉《よんほんまた》と
三本叉と
二本叉のフォークが　すでにあった
ところが　あのクリスチアン・レーベレヒト・シュナーベルは
ねむれぬいく夜かのあいだに
一本叉のフォークを　発見
あるいは発明した男だった

どんな場合でも　いちばん簡単なことが　いちばんむずかしい
一本叉のフォークは
何世紀も前から　はっきり　わかっていた

しかし　クリスチアン・レーベレヒト・シュナーベルは
一本叉のフォークを発明した
まさに　最初の男だった

人間は　子供とおなじです
クリスチアン・レーベレヒト・シュナーベルは
あらゆる発見家　あるいは発明家の運命を
彼のフォークと　分かちあったのです

一本叉のフォークは
なんの価値もないと
シュナーベルは
宣告されました

それは　食器として
実用的な目的が　まったく欠けている

そして　彼のフォークでは　とシュナーベルは　言われた
ものが食べられない

事実　人びとは　思ったのだった
シュナーベルが　一本叉のフォークを
発明　あるいは　発見したとき
彼は　なにか具体的なものを　ねらったのだと
冗談じゃない

現実的なものは　彼にとって　問題ではなかったのだ
（そのために　彼は　貧乏をした）
彼にとっては　原理上のことが　問題だったのだ
その点でシュナーベルは
彼が発明したフォークに関しては
むろん　正しかった

現代の童話

彼らは　たいそう　ほれあっていた
もう　本の中でしか　お目にかからないほど
彼女は　金がなかった　彼も　なかった
そこで　彼らは結婚式をあげ　声をそろえて笑った

彼は　勤めがなかった　だから彼らは　いつまでも貧乏だった
温かい食事は　一週に二度
それでも　彼は彼女を「ぼくの蝶々さん」と呼んだ
彼女は　できるだけたびたび　子供を産んだ

彼らは　家具つきの貸間に住んでいた　そして　いちども病気をしなかった
子供たちは　衣裳《いしょう》戸棚《だな》の中で眠った
クリスマスには　かんたんに

壁に　色鉛筆で　贈り物をかいた
そして　お菓子ででもあるように　パンを食べた
そして「がちょうの焼肉はどんな味」というあそびをした
そんなことが　想像力をつよめたのだろう
そのため　あっというまに　男は天才になった

すばらしい小説をいくつも書き　お金を　うんともうけて
世界一の金満家になった
はじめ　彼らは　とくいだった　でも　あとでやっぱり後悔した
富は陽気な気分をこわしたから

彼らは　金を　ある孤児に贈った
そして　もし　彼らが死なないときは……

おじいさまとおばあさまのとこへお客さま

わが子のためには　だれしも　ひまがない
（やっとすわれるようになるころは　もう歩けなくなっている）
孫と暮らして　はじめて
子供の気持ちが　だいたい　わかるようになる

きげんよく　砂でおあそびなさい　そして砂のビスケットを焼いてちょうだい
おまえさんたちは　ずいぶん遠いところにいる　そのくせ近いところにいる
まるで　がけのむこうに
よその家の　きれいなお庭を　見ているようだ

おとなしく　砂でおあそびなさい　そして空想を築くんだよ
いくらでも築いていいんだよ　しかし　中に住むことはできない
それがちゃんとわかっているのは　おまえさんたちと　わたしたち年寄りばかりさ

ああ　おとなになっても　そのとおり　おりこうちゃんでいるんだよ
まだまだこのさきも　おまえさんたちの面倒を見てあげたい
だって　おまえさんたちをおどすものは　これからさきいくらもある
しかし　そう思っていたって　なんの役にもたたない
おまえさんたちが　大きくなったときは　わたしたちは死んじゃってる

一立方キロで足りる

ある数学者が主張した
縦《たて》　横　高さ　千メートルの
堅牢《けんろう》な箱を一個
造る時がそろそろ来た　と
一番重要な文章の中で　彼はこう書いた
この一立方キロの中に

現在生存中の全人類
（約二十億！）が　おそらく　はいれるだろう

すなわち　全人類に命じて
一個の箱に這《は》い上がらせ
これを　たとえば　コルディレラ山脈の
どこか一番深い淵《ふち》の一つにほうりこむことができるにちがいない

そうすれば　われわれは　立方形の箱として
ほとんど　気づかれず　ころがっているにちがいない
そして草が人類の上に生《は》えるにちがいない
そして砂がその上を舞うだろう

はげたかは叫んで輪をえがくだろう
巨大な都はがらんどうになるだろう
コルディレラが人類の墓になるだろう

そうなれば　しかし　誰ひとりこのことを知る者はいなくなるだろう

訳者あとがき

小松太郎

エーリヒ・ケストナー(一八九九―一九七四)が画期的な新即物主義の詩集『腰の上の心臓』をもってドイツの文壇にデビューしたのは、第一次世界大戦後のいわゆる「黄金の二〇年代」が、そろそろ下《くだ》り坂《ざか》に向かおうとする一九二七年の末のことであった。つづいて翌年の二八年には『ある男が真相を告げる』、二九年には『鏡の中の騒ぎ』、それから二年おいて三二年に『椅子《いす》のあいだの歌』が出版された。そして翌年の三三年にはこの四冊の詩集が、ベルリン国立歌劇場のそばの広場で、ナチス突撃隊の制服を着た大学生たちによって焼かれてしまったのであった。どこの国でも詩集――ことに若い現代詩人の詩集――は売れないものと相場がきまっている。出版されて間《ま》のない四冊目の詩集がどれほど売れたか知らないが、それまでの三冊の詩集はドイツ国内だけで三万人の読者を持ったと言われている。これはその当時のドイツとしては相当な数字であったにちがいない。ケストナーの伝記を書いたルイーゼ・エンダーレ女史によると「ケストナー以来、詩がまた読まれるようになった」と、ある批評家が感激して書いたそうである。

その以前から政治や、軍隊や、社会や、都会における庶民の生活を、揶揄《やゆ》とユーモアと絶望的なメランコリーに満ちた調子で歌う著名なシャンソン詩人たちは、すでにいた。ヨアヒム・リンゲルナッツ(一八八三―一九三四)、ヴァルター・メーリング(一八九六―一九八一)、クルト・トゥホルスキー(一八九〇―一九三五)、ベルトルト・ブレヒト(一八九八―一九五六)などは代表的な諷刺《ふうし》詩人として文学史上に異彩を放っている。

ケストナーの詩が当時のドイツ人にショックをあたえたのは、これらの年長の詩人たち(もっともブレヒトは一年の先輩にすぎないが)に較べて、おそらく彼の詩が一層即物的で、言葉が一層大胆で、あからさまであったためだろうと思われる。彼は自分の詩を「実用詩」と呼んでいた。ケストナーの親しい友人のヘルマン・ケステン(一九〇〇―一九九六)は彼のことを「韻文における短篇作家」と呼び、「彼の詩は、ブレヒトの戯曲とおなじく、本来叙事的で、物語詩風《バラード》で、叙事的なディテールに富んでいる。彼は抽象的な概念のかわりに具体的な描写を愛する」と言っている。具体的な物語詩風の詩が、抽象的で観念的な詩よりも、一般の読者にとって理解しやすく、親しみ易いのは当然である。それに彼の詩が、活字となる以前からすでに前述のリンゲルナッツや、メーリングや、トゥホルスキーや、ブレヒトと共にキャバレーの芸人たちによってシャンソンとして歌われていたことも、彼を詩人としてポピュラーにする上に少なからず効果があったにちがいない。

一九五七年にゲオルク・ビューヒナー賞を授与された時の演説の中で「わたしは諷刺作家であります」と、ケストナーは言っている。その前に、彼は『日々の雑録』(一九四八年)の中に諷刺家に関するエッセイを書き、諷刺家とは大なり小なり芸術的な手段によって、大なり小なり非芸術的な目的のために、消極的な事実を誇張して描くものだと言い、諷刺はその目的から判断して、文学に属するものでなく、教育に属するものだ。諷刺家は教師であり、生徒の尻《しり》をひっぱたくものであり、成人学校の教師である、とも言っている。

むろんわたしはケストナーが諷刺作家であることに、なんの異論があるわけではない。それにしても非芸術的な目的のために用いる彼の芸術的手段の、なんというみごとさであろう。読者は彼の手段に魔法をかけられるのか、彼の目的に感激させられるのか、ほとんど判断に苦しむくらいだ。彼の有名な少年小説『エーミールと探偵たち』や『飛ぶ教室』の小さな読者たちも、何はともあれまず第一にそのおもしろさに心を奪われ、知らず知らず彼らの教師に案内されて人生の厳粛さを学ぶのであろう。ケステンの言葉を借りれば、たしかに彼は「ミューズの息子」である。

前に述べたように、ヒトラーが政権を掌握した年に(少年ものを除く)彼の全作品は焼かれ、第三帝国の支配下にあるすべての書店から十数年にわたって完全に影をひそめた。有名と無名を問わずほとんどすべての知識人、芸術家、学者、ジャーナリスト、出版業者たちが国外に亡命したあいだに、ケストナーが生命の危険さえかえりみず、あらゆる精神的物質的な苦難に耐えて、国内に踏みとどまったのは、一つには最愛の母親を故国に残して去るに忍びなかったためでもあったが、もう一つには作家として「来たるべき残虐行為の証人となる」ためでもあった。

一九三三年以前に出版された四冊の詩集は焚書以来ドイツ国内では絶版となって再版されなかったが、外貨獲得の意味からか国外での出版は当分のあいだ黙認の形で許されていたので、一九三六年に彼は一冊の自選詩集『エーリヒ・ケストナー博士の抒情的家庭薬局』をスイスで出版した。ここに訳した『人生処方詩集』はその初版本の全訳である。ケストナーの言葉によると、これらの詩は「現代における大都会人の私的感情を扱った」もので、政治的な諷刺詩はすべて除外されている。また一九三三年以前の初版本と比較すると、この選集では幾らか加筆された個所《かしょ》があり、その後再版されたおなじ選集では多少の入れ替えが行なわれている。

第二次世界大戦後にケストナーの自伝的散文とエンダーレ女史の伝記が発表されるま

では、読者の意表に出る彼の奇抜な思いつきと詩的想像力にただただ感心するばかりで、何がわたしを感動させるのか、実をいうとわたしにもよくわからなかった。わたしはケストナーの作品のおもしろさを、彼のずば抜けた着想と想像力のせいだとのみ思っていた。とんでもないことで、彼の作品に登場する少年はすべて彼自身であり、母親はすべて彼自身の母親であり、ポーニ・ヒューチヘンはすべて彼のいとこのドーラ・アウグスティンであり、夢はほとんど彼自身が見た夢であり、好色的な冒険や恋愛もほとんど彼自身の経験であるらしいことを知って、意外な気がすると共に、やっとわたしを感動させたものが何であったか、なっとくがいった。

一見同時代人の生活と感情を冷静につき離して揶揄しているように見える彼の詩が、いかに自伝的要素の濃厚なものであるかを、読者の方々にも知っていただき、彼の詩に対する理解を深めるために、いくつかの例を年代順にあげてみよう。

「略歴」

ケストナーは一八九九年に名人かたぎの革細工師の一人息子としてドレースデンに生まれた。名人かたぎの父親は、一家の生計や息子の養育についてあまり発言権がなかったらしい。母親は貧しい家計を援《たす》けるために建物の一部を改造して美容院を開き、ケストナーは学校の宿題が終わると助手に早変りして、台所から洗髪用の湯を運んだ。母親はケストナーを溺愛《できあい》して、一番完全な母親になろうとしていたので、ケストナーもまたこの母親の愛情に酬《むく》いるために、一番完全な息子になろうと努力した。事実ケストナーは「折り紙つきの模範少年」だったのである。「絶望第一号」「堅信を受けたある少年の写真に添えて」「たまたまもの干し場に出あって」等に現われる少年はことごとく若い日のケストナーの自画像だと見ていい。

「少年時代へのささやかな案内」

国民学校を出ると、ケストナーは、当時は師範学校と呼ばれていたドレースデンの教員養成所に入学し、そこで寄宿舎生活を初めて経験した。当時の師範学校は経済的に国家の援助をうけていたので、職人階級や、労働者階級や、小農階級の知識欲の旺盛な子供にとっては、この学校にはいることが上級の教育をうけるためには一番金のかからない、唯一の手段であった。この師範学校というのが教員の兵営といってもいいほど厳格な学校で、すべてが規則ずくめで、違犯者には容赦なく厳罰が加えられた。外出は一週間に二度で、それも一時間しか許されなかった。ケストナーは病気の母親を看病するために何度かそこを抜けだした。後日、彼はこの師範学校のある町をひそかに訪れて当時を思いだし、この詩を書いたものと思われる。

「鏡の中の心臓」

一九一七年、師範学校在学中にケストナーは召集をうけ(当時十八歳)、一年志願兵として重砲兵に入隊し、ドレースデンの兵営で訓練をうけた。その頃ケストナーはヴァウリヒという軍曹から猛烈な懲罰教練をうけて心臓を病み、野戦病院に送られた。戦争は終わり、ケストナーは師範学校を退学し、ギムナージウムの最高学年に編入されたが、この時以来心臓病が彼の持病となった。一九二六年に彼は勤務先の「新ライプチヒ新聞社」から休暇をとって、心臓病を癒《なお》すために温泉場へ出かけた。「温泉だより」。

「自殺戒」

ケストナーのギムナージウム以来の親友に裕福なユダヤ人の息子で、頭のいいラルフ・ツッカーという医科の大学生がいた。ツッカーは医学の国家試験をうけてすべての学科をパスしたが、最後の眼科の試験のあとで、ある同窓生に「おまえは落第だ」と教えられてピストル自殺をした。それが実は冗談で、ツッカーはりっぱな成績でパスしていたのだった。小説『ファビアン』の中のラブーデもこの親友をモデルにしたもので、この詩の中で「きみ」と呼びかけているのはこの親友をさしたものである。

「ひとり者の旅」

一九二二年のインフレ時代にケストナーはまだベルリン大学の学生で、アルバイトにライプチヒの見本市で商品の陳列を手伝ったり、封筒書きをしたりしていた。そのころ彼が冗談半分に「ライプチヒ日刊新聞」に投書した五十行ばかりの戯文が採用され、それが社長のリヒャルト・カッツ氏の目にとまって、面会に呼び出された日にたちまち三つの雑誌の編集者に採用されて二百五十マルクの月給取りになった。一九二五年に学位を得るとさらに彼は、「新ライプチヒ新聞」の学芸欄の編集次長となり、四百マルクの月給を得る身分になった。この年彼は、最初の休暇に、ドレースデンにいる母親を招待してスイスとイタリアへ初めて外国旅行をこころみた。

「グロースヘニヒ夫人から息子へのたより」

ケストナーがライプチヒで三つの雑誌の編集者として職に就いたあとも、彼はドレースデンにいる母親あてに自分の洗濯物を小包で送っていた。むろんすぐそばに洗濯屋もあり、ケストナーは洗濯代に不自由をしていたわけではなかった。

「リュクサンブール公園」

ケストナーは「新ライプチヒ新聞」学芸欄編集次長時代にも、いろんな雑誌や新聞から頼まれて詩や雑文を書いていた。ちょうどベートーヴェンの死後百年祭にあたる一九二七年の三月に彼はある新聞に「そなたよ　わたしの九番目の最後のシンフォニーよもしもそなたがバラ色の縞《しま》のシュミーズをつけておいでなら　チェロのようにわたしの膝《ひざ》のあいだにおいで……」で始まる皮肉な、好色的な詩を発表し、おなじ社に勤めていた親友の画家エーリヒ・オーザー（一九〇三―一九四四）が挿画をかいた。これが災してケストナーとオーザーは共に「新ライプチヒ新聞」を解雇され、二人ともベルリンに出、ケストナーは独立の著述家として、オーザーは挿画画家として世に立つ決心をした。二人は書きまくった。そして二人のかせいだ稿料が数百マルクに達するやいなや、二人はさっそくパリへ旅行し、初めてリュクサンブール公園を見物した。この詩は明らかにその時の印象を書いたものと思われる。ケストナーの処女詩集『腰の上の心臓』の挿画もこのオーザーが書いた。ケストナーはドイツで生き残ったが、オーザーは一九四四年にゲシュタポに捕えられて自殺をした。

小松太郎訳『人生処方詩集』

富士川英郎

小松太郎氏が亡くなったのは昭和四十九(一九七四)年七月のことであった。夏の盛りの暑い日に、鎌倉市比企《ひき》ケ谷《がやつ》の小松邸で行われたその告別式は、いかにも生前の小松氏の人柄にふさわしく、つつましくて、しんみりとした式であったが、それに参列した私は少しばかり寂しい思いをしながら、朴訥《ぼくとつ》だった、学者らしい故人の風貌を偲《しの》んで、うたた愛惜の念を禁じ得なかったのである。

小松太郎は明治三十三(一九〇〇)年に大阪府に生まれた。明治時代の統計学者呉文聡はその外祖父に当る。小松は慶応大学予科を中途退学したのち、ベルリン大学でドイツ文学を学んで、そこを卒業した。

ドイツ文学者としての小松太郎は、主としてケストナーやヘルマン・ケステンやヨーゼフ・ロートなど、ナチス・ドイツに反抗したり、その恐怖を逃れて、国外へ亡命したりした作家たちの作品の翻訳によって知られているが、氏の名を私がはじめて知ったのは、エーリヒ・ケストナーの小説『ファビアン』の同氏による翻訳が雑誌『作品』に昭和七年八月から長年月にわたって連載されたときのことであった。これはおそらくケストナーの作品の最初の日本訳であり、ケストナーの名前はこの小松訳によってはじめて我国で知られたのであったろう。

だが、ドイツ本国においてケストナーの名前を有名にしたのは、この小説ではなくて、それより早く一九二八(昭和三)年に出た彼の処女詩集『腰の上の心臓』と、つづいてその翌年に刊行された『鏡の中の騒ぎ』という二冊の詩集であった。私は大学を卒業した昭和七年頃、三越百貨店の当時あった洋書部の棚に、或る日、『鏡の中の騒ぎ』を見つけて買って帰り、この未知の詩人のユーモアとペーソスとにみちた大道歌風《ベンケルザンク》のバラードに少からず興味をもったが、当時我国でケストナーのそれらの詩を読んでいたひとはまだあまりいなかっただろう。

翌昭和八年三月下旬、私は茅野蕭々《ちのしょうしょう》先生を当時東洗足《ひがしせんぞく》駅の近くにあったそのお宅にお訪ねしたことがあるが、ちょうどその頃、茅野先生は「岩波講座・世界文学」のためにドイツ近代詩史の執筆にとりかかっておられ、話の次手に、誰かドイツでいちばん新しく出現した、注目すべき詩人はいないかと訊《たず》ねられた。私は早速ケストナーの名を挙げ、そのとき先生がまだこの詩人を知っておられなかったようなので、手もとにあるその詩集をお目にかけることを約束して帰った。するとそんな私を追いかけるようにして、その同じ日に書かれた茅野先生の次のような端書《はがき》が速達で私のもとに届けられたのである。

「拝啓　今朝ハ失礼致しました　其節御願いたしました　Erich Kästner 只今他から二冊入手致しましたからあり難う　其中に Herz auf Taille もあります　御親切を感謝致します　頓首　三月二十五日」

この「他から入手」された二冊の詩集というのは、『腰の上の心臓』と『ある男が真相を告げる』とであったらしいが、それを茅野先生のもとに届けたのは、あとで聞けば、小松太郎氏であったそうである。

ここでもう少し私の個人的な思い出を語ることを許して貰《もら》うならば、戦後、昭和三十年の暮れに、三井ふたばこ氏がその主宰する季刊誌『ポエトロア』の特集として、「現代ドイツ詩」を出すことを企画して、その編集を私が三井さんから頼まれたことがあった。私は早速、笹沢美明《ささざわよしあき》氏をはじめ、二、三の同志を誘って、R・A・シュレーダーからツェラーンに至る二十二人の西独の詩人たちの詩を数篇ずつ分担して、翻訳して貰ったが、小松太郎氏にはケストナーの詩の翻訳をお願いした。するとまもなく、六篇の訳詩が小松氏から送られてきたが、それらは次に引用する「女事務員たちの合唱」をはじめとして、いずれも口語を柔軟に駆使して、ケストナーの詩の特徴をよく捉えている卓《すぐ》れた訳詩であったので、私も編集者として大へん嬉《うれ》しく思ったのであった。

女事務員たちの合唱

わたしたちはタイプをかちかちたたきます
ちょうど　わたしたちはピアノを弾いてるみたいです
お金のあるひとは　かせぐ必要はない
わたしたちはお金がない　だからかちかちたたくのです

処女の誇なんか　もう持っちゃいません
そんなものは征服しちゃった　さんざん楽しんで
それを　とても気に病む紳士たちがいる
だけど　そんな連中には　わたしたち嘘をつかなきゃならない

浮気な恋と　燃える唇で

一週間に二遍ずつ
夫婦のように夜を過ごす
それはとてもすてき！　それに健康的です

それをしないからといって　それ以上にいいことがあるわけじゃなし
なにも精神的な宣教師に救われる必要はありません！
失われた名誉について　不機嫌にぶつぶつ呟いているのは誰？
いいからあなたがたは　ご自分のベッドの中で　わたしたちぐらい貞淑に
　おなんなさい！

ただ愉しそうにあそんで
きゃっきゃと叫んで毬を受けとめ
毬が鼻にぶつかって泣く子供たちを見ると
そのときだけは悲しくなる　でもそれは当座だけです

ここに小松太郎訳のケストナー『人生処方詩集』(角川文庫、昭和四十一年四月)という書物がある。原書は『エーリヒ・ケストナー博士の抒情的家庭薬局』というのであるが、一九三六年に、当時ケストナーの著書はドイツ国内では出版が禁止されていたので、スイスのチューリヒの書店から刊行されたのであった。ケストナーがナチスのドイツ支配以前に出した四冊の詩集、即ち『腰の上の心臓』『鏡の中の騒ぎ』『ある男が真相を告げる』『椅子《いす》のあいだの歌』は、一九三三年にナチスによって焼かれたが、一九三六年に刊行された『エーリヒ・ケストナー博士の抒情的家庭薬局』は、ケストナー自身が既刊の四冊の詩集のうちから約百二十篇の詩を選んで編集したものである。その際、政治的な諷刺《ふうし》詩や、さきに引用した「女事務員たちの合唱」のような、第一次世界大戦後のドイツの社会的崩壊や混乱の世相を歌った風俗詩の類《たぐい》は除かれており、この詩集には、主として、ケストナー自身の言葉によれば、「現代における大都会人の私的感情を扱った」詩が収められているのである。

おたがいを知って　八年目に
（よく知っていたと言っていい）
急に　ふたりの愛情が　なくなった
ほかの人たちが　帽子か　ステッキを　なくすように

ふたりは　悲しみ　陽気にだましあった
何ごともなかったように　キッスをしてみた
そして　顔を見あわせ　途方にくれた
そのとき　とうとう　彼女が泣いた　彼はそばに立っていた

窓から　汽船に　合図ができた
彼は言った　もう四時十五分過ぎだよ
どこかでコーヒーを飲む時間だ
隣りで　だれか　ピアノのけいこをしていた

彼らは　その町の　いちばん小さなカフェーへ出かけた
そして　彼らのコーヒー茶碗を　かきまわした
夕方になっても　まだそこにいた
彼らは　ふたりきりで坐っていた　そして　全然　口をきかなかった
そして　まるっきり　そのわけが　わからなかった

これは「即物的な物語詩」という題の詩であり、また

ひとは　ときおり　ひどく孤独になることがある
そんなときには　なんのききめもない　襟《えり》を立てて
店の前で　ひとりごとを言っても
あの中の帽子は　感じがいい　ただちょっとちいさいが……などと

そんなときには　なんのききめもない　カフェーにはいって
ほかの者が笑うのに　耳を傾けても
そんなときには　なんのききめもない　彼らの笑い声を　まねしても
すぐ　また　立ち上がっても　やっぱりききめがない

そんなとき　自分自身の影法師を　見る
影法師は　おくれまいとして　跳《と》んで　いそぐ
そして　ひとが来て　つれなく　それを踏みにじる

そんなときには　なんのききめもない　泣くことができなければ
そんなときには　なんのききめもない　自分といっしょに　うちへ逃げてかえり
ブロンカリーがうちにある場合　ブロンカリーを飲んでも
そんなときには　なんのききめもない　自分自身が　自分にはずかしくなり
あわてて　カーテンを引いても

そんなとき　どんなだろうと　つくづく思う　もしも　ちいさかったら
生まれたての赤ん坊のように　ちいさかったら
それから　ひとは両方の目を閉じる　そして　目が見えなくなる
そして　ひとりで　寝ころがる

というのは、「孤独」という題の詩である。ともに「現代の都会人」の「愛の消失」とやるせない「孤独」とを歌っているが、これらの詩のうちには、ケストナー自身の個人的経験や「私的感情」が強く投影していると言うことができるだろう。

事実、ケストナーの詩は、その自伝的要素が多くそこに見出されることが、その著し

い特徴のひとつになっているが、

たまたまもの干し場に出あって

こういう場所はおたがいに　なんとよく似ていることか
おたがいになんと近しい同族なのだろう
棒　ひも　洗たく物　洗たく物ばさみ　風
そして漂白につかう七束の草
これを見ると　だれでも　子供にかえる

あれを思いだすと　愉快でたまらない
ぼくが車の後押しをした　そして母がひっぱった
あんまり洗たく物が重いので　ぼくはうんうんうなった
駅のすぐ前から菜園に曲がる
あの細道はなんていったっけ

あそこに　ぼくのいう原っぱがあった
あそこでぼくたちはベンチにかごをおろし
縦横に張ったもの干し縄に
うちの洗たく物戸棚をそっくり吊った
そして　風と洗たく物がけんかをした

ぼくは草の中に坐った　母はうちへ帰った
洗たく物は　白い天幕のように　なみうった
それから母が　コーヒーとお金をもって来た
ぼくは　この　ほとんどふしぎなような世界で
お昼休みをするために　お菓子を買った

あっちこっちでワイシャツがぱたぱたした
おりて来て　いっしょに食べようとでもするように
陽《ひ》がかがやいていた　靴下が重そうにぶら下がっていた
ああ　ぼくは　何もかも思いだす

とてもはっきり　そして一生わすれないだろう
という詩は彼の少年時代の思い出を歌っており、また

ぼくは　母と　旅行をしている……
ぼくらは　フランクフルト　バーゼル　ベルンをとおり
ジュネーヴ湖に来た　それから　そのへんをひと回りした
ときどき　母は　物価をののしった
今　ぼくらは　ルツェルンに来ている

スイスはきれいだ　ひとは　それになれなければならない
ひとは　山々に登り　湖水をわたる
あまり美しいので　ときどき　お腹《なか》が痛くなる
息子たちと旅行をしている　母親たちに
よく出あう

自分の母親と旅行をする　こんなにたのしいことはない
とにかく　母親たちは　いちばんいい女性なのだから
ぼくたちが少年だったころ　彼女たちはぼくたちと旅行をした
それから　何年か経たあと　いま　ぼくたちと旅行をする
まるで　彼女たちが子供ででもあるように

彼女たちは　いちばん高い峰を　おしえてもらう
世界が　もういちど　絵本のようになる
湖水が完全にぼやけると　彼女たちは口をつぐむことができる
そして　列車に乗るときは　いつも
ショールを心配する

いつものように　はじめは　おたがいに　まだすこし慣れない
おたがいが　よぎなく　離れて暮らすようになってから
ひとは　今　おなじ部屋に寝る　かつてのように
そして「おやすみ」を言う　そして電灯のあかりを消す

そして　おたがいに　一つ　キッスをする
しかし　慣れないうちに　おしまいになる
ぼくらは　ぼくらの母たちを　うちまで送っていく
ハウボルト夫人は言う　わたしはとてもすてきだと思うわ
それから　ぼくらは　ぼくらの母たちと　かんたんに手を握り
また　世の中にとびだす

という「ひとり者の旅」は、ケストナーが一九二六年に母親といっしょに、スイスやイタリアに旅行したときの経験に基づいて、作られたものだろう。

小松太郎はケストナーのこれらの自伝的な詩について、「わたしはケストナーの作品のおもしろさを、彼のずば抜けた着想と想像力のせいだとのみ思っていた。とんでもないことで、彼の作品に登場する少年はすべて彼自身であり、母親はすべて彼自身の母親であり、ポーニ・ヒューチヘンはすべて彼のいとこのドーラ・アウグスティンであり、夢はほとんど彼自身が見た夢であり、好色的な冒険や恋愛もほとんど彼自身の経験であるらしいことを知って、意外な気がすると共に、やっとわたしを感動させたものが何であったか、なっとくがいった」と言っているが、ケストナーのそれらのユーモアに富んだ、即物的な詩を、小松は仮名を多く用い、時には俗語や子供の言葉を交《まじ》えて、平易に、そして巧みに訳している。小松のこのような訳詩こそ、原著者とぴったり呼吸の合っている訳詩と言うべきだろう。

(富士川英郎『黒い風琴』小沢書店、一九八四年刊より転載収録)

〔編集付記〕

小松太郎(一九〇〇―一九七四)氏によるこの詩集の最初の翻訳は、『抒情的人生処方詩集』と題して一九五二年に創元社から刊行された。その後、一九六六年に『人生処方詩集』と改題して角川文庫の一冊として刊行されたが、その際には訳が全面的に改められた。なお、一九八八年に『人生処方詩集』と題するちくま文庫版が刊行されているが、これは創元社版に基づくものである。

本書の底本には角川文庫版を用い、表記上の整理等を適宜おこなった。

(二〇一四年十月、岩波文庫編集部)

人生処方詩集《じんせいしょほうししゅう》　エーリヒ・ケストナー作

2014 年 11 月 14 日　第 1 刷発行
2025 年 4 月 4 日　第 9 刷発行

訳　者　小松太郎《こまつたろう》

発行者　坂本政謙

発行所　株式会社 岩波書店
〒101-8002 東京都千代田区一ツ橋 2-5-5

案内 03-5210-4000　営業部 03-5210-4111
文庫編集部 03-5210-4051
https://www.iwanami.co.jp/

印刷・精興社　製本・松岳社

ISBN 978-4-00-324711-2　Printed in Japan

読書子に寄す

――岩波文庫発刊に際して――

岩波茂雄

真理は万人によって求められることを自ら欲し、芸術は万人によって愛されることを自ら望む。かつては民を愚昧ならしめるために学芸が最も狭き堂宇に閉鎖されたことがあった。今や知識と美とを特権階級の独占より奪い返すことはつねに進取的なる民衆の切実なる要求である。岩波文庫はこの要求に応じそれに励まされて生まれた。それは生命ある不朽の書を少数者の書斎と研究室とより解放して街頭にくまなく立たしめ民衆に伍せしめるであろう。近時大量生産予約出版の流行を見る。その広告宣伝の狂態はしばらくおくも、後代にのこすと誇称する全集がその編集に万全の用意をなしたるか。千古の典籍の翻訳企図に敬虔の態度を欠かざりしか。さらに分売を許さず読者を繋縛して数十冊を強うるがごとき、はたしてその揚言する学芸解放のゆえんなりや。吾人は天下の名士の声に和してこれを推挙するに躊躇するものである。このときにあたって、岩波書店は自己の責務のいよいよ重大なるを思い、従来の方針の徹底を期するため、すでに十数年以前より志して来た計画を慎重審議この際断然実行することにした。吾人は範をかのレクラム文庫にとり、古今東西にわたって文芸・哲学・社会科学・自然科学等種類のいかんを問わず、いやしくも万人の必読すべき真に古典的価値ある書をきわめて簡易なる形式において逐次刊行し、あらゆる人間に須要なる生活向上の資料、生活批判の原理を提供せんと欲する。この文庫は予約出版の方法を排したるがゆえに、読者は自己の欲する時に自己の欲する書物を各個に自由に選択することができる。携帯に便にして価格の低きを最主とするがゆえに、外観を顧みざるも内容に至っては厳選最も力を尽くし、従来の岩波出版物の特色をますます発揮せしめようとする。この計画たるや世間の一時の投機的なるものと異なり、永遠の事業として吾人は微力を傾倒し、あらゆる犠牲を忍んで今後永久に継続発展せしめ、もって文庫の使命を遺憾なく果たさしめることを期する。芸術を愛し知識を求むる士の自ら進んでこの挙に参加し、希望と忠言とを寄せられることは吾人の熱望するところである。その性質上経済的には最も困難多きこの事業にあえて当たらんとする吾人の志を諒として、その達成のため世の読書子とのうるわしき共同を期待する。

昭和二年七月

《イギリス文学》〔赤〕

- ユートピア — トマス・モア／平井正穂訳
- 完訳 カンタベリー物語 全三冊 — チョーサー／桝井迪夫訳
- ヴェニスの商人 — シェイクスピア／中野好夫訳
- 十二夜 — シェイクスピア／小津次郎訳
- ハムレット — シェイクスピア／野島秀勝訳
- オセロウ — シェイクスピア／菅泰男訳
- リア王 — シェイクスピア／野島秀勝訳
- マクベス — シェイクスピア／木下順二訳
- ソネット集 — シェイクスピア／高松雄一訳
- ロミオとジューリエット — シェイクスピア／平井正穂訳
- リチャード三世 — シェイクスピア／木下順二訳
- 対訳 シェイクスピア詩集 ―イギリス詩人選(1) — 柴田稔彦編
- から騒ぎ — シェイクスピア／喜志哲雄訳
- 冬物語 — シェイクスピア／桒山智成訳
- 言論・出版の自由 他一篇 ―アレオパジティカ — ミルトン／原田純訳
- 失楽園 全二冊 — ミルトン／平井正穂訳

- ロビンソン・クルーソー 全二冊 — デフォー／平井正穂訳
- 奴婢訓 他一篇 — スウィフト／深町弘三訳
- ガリヴァー旅行記 — スウィフト／平井正穂訳
- トリストラム・シャンディ 全三冊 — ロレンス・スターン／朱牟田夏雄訳
- ウェイクフィールドの牧師 ―むだばなし — ゴールドスミス／小野寺健訳
- 幸福の探求 ―アビシニアの王子ラセラスの物語 — サミュエル・ジョンソン／朱牟田夏雄訳
- 対訳 ブレイク詩集 ―イギリス詩人選(4) — 松島正一編
- 対訳 ワーズワス詩集 ―イギリス詩人選(3) — 山内久明編
- 湖の麗人 — スコット／入江直祐訳
- キプリング短篇集 — 橋本槙矩編訳
- 対訳 コウルリッジ詩集 イギリス詩人選(7) — 上島建吉編
- 高慢と偏見 全二冊 — ジェーン・オースティン／富田彬訳
- ジェイン・オースティンの手紙 — 新井潤美編訳
- マンスフィールド・パーク 全二冊 — ジェイン・オースティン／新井潤美・宮丸裕二訳
- シェイクスピア物語 全二冊 — チャールズ・ラム、メアリー・ラム／安藤貞雄訳
- エリア随筆抄 — チャールズ・ラム／南條竹則編訳
- デイヴィッド・コパフィールド 全五冊 — ディケンズ／石塚裕子訳

- 炉辺のこほろぎ — ディケンズ／本多顕彰訳
- ボズのスケッチ 短篇小説篇 全二冊 — ディケンズ／藤岡啓介訳
- アメリカ紀行 全二冊 — ディケンズ／伊藤弘之・下笠徳次・隈元貞広訳
- イタリアのおもかげ — ディケンズ／伊藤弘之・下笠徳次・隈元貞広訳
- 大いなる遺産 全二冊 — ディケンズ／石塚裕子訳
- 荒涼館 全四冊 — ディケンズ／佐々木徹訳
- 鎖を解かれたプロメテウス — シェリー／石川重俊訳
- アイルランド 歴史と風土 — オフェイロン／橋本槙矩訳
- ジェイン・エア 全二冊 — シャーロット・ブロンテ／河島弘美訳
- 嵐が丘 全二冊 — エミリー・ブロンテ／河島弘美訳
- サイラス・マーナー — ジョージ・エリオット／土井治訳
- アルプス登攀記 全二冊 — ウィンパー／浦松佐美太郎訳
- アンデス登攀記 全二冊 — ウィンパー／大貫良夫訳
- ジーキル博士とハイド氏 — スティーヴンスン／海保眞夫訳
- 南海千一夜物語 — スティーヴンスン／中村徳三郎訳
- 若い人々のために 他十一篇 — スティーヴンスン／岩田良吉訳
- 怪談 ―不思議なことの物語と研究 — ラフカディオ・ハーン／平井呈一訳

ドリアン・グレイの肖像　オスカー・ワイルド　富士川義之訳
サロメ　ワイルド　福田恆存訳
嘘から出た誠　ワイルド　岸本一郎訳
童話集 幸福な王子 他八篇　オスカー・ワイルド　富士川義之訳
分らぬもんですよ　バァナード・ショウ　市川又彦訳
ヘンリ・ライクロフトの私記　ギッシング　平井正穂訳
南イタリア周遊記　ギッシング　小池滋訳
闇の奥　コンラッド　中野好夫訳
密偵　コンラッド　土岐恒二訳
対訳 イエイツ詩集　高松雄一編
月と六ペンス　モーム　行方昭夫訳
読書案内 —世界文学　W・S・モーム　西川正身訳
人間の絆 全三冊　モーム　行方昭夫訳
サミング・アップ　モーム　行方昭夫訳
モーム短篇選 全二冊　行方昭夫編訳
アシェンデン —英国情報部員のファイル　モーム　中島賢二　岡田久雄訳
お菓子とビール　モーム　行方昭夫訳

ダブリンの市民　ジョイス　結城英雄訳
荒地　T・S・エリオット　岩崎宗治訳
オーウェル評論集　小野寺健編訳
パリ・ロンドン放浪記　ジョージ・オーウェル　小野寺健訳
カタロニア讃歌　ジョージ・オーウェル　都築忠七訳
動物農場 —おとぎばなし　ジョージ・オーウェル　川端康雄訳
対訳 キーツ詩集 —イギリス詩人選(10)　宮崎雄行編
キーツ詩集　中村健二訳
オルノーコ 美しい浮気女　アフラ・ベイン　土井治訳
解放された世界　H・G・ウェルズ　浜野輝訳
大転落　イヴリン・ウォー　富山太佳夫訳
回想のブライズヘッド 全二冊　イーヴリン・ウォー　小野寺健訳
愛されたもの　イーヴリン・ウォー　中村健二　出淵博訳
対訳 ジョン・ダン詩集 —イギリス詩人選(2)　湯浅信之編
フォースター評論集　小野寺健編訳
白衣の女 全三冊　ウィルキー・コリンズ　中島賢二訳
アイルランド短篇選　橋本槙矩編訳

灯台へ　ヴァージニア・ウルフ　御輿哲也訳
狐になった奥様　ガーネット　安藤貞雄訳
フランク・オコナー短篇集　阿部公彦訳
たいした問題じゃないが —イギリス・コラム傑作選　行方昭夫編訳
真昼の暗黒　アーサー・ケストラー　中島賢二訳
文学とは何か —現代批評理論への招待 全二冊　テリー・イーグルトン　大橋洋一訳
D・G・ロセッティ作品集　南條竹則　松村伸一編訳
真夜中の子供たち 全二冊　サルマン・ラシュディ　寺門泰彦訳
英国古典推理小説集　佐々木徹編訳

《アメリカ文学》〔赤〕

- ギリシア・ローマ神話 付インド・北欧神話 — ブルフィンチ 野上弥生子訳
- 中世騎士物語 — ブルフィンチ 野上弥生子訳
- フランクリン自伝 — 松本慎一 西川正身訳
- スケッチ・ブック 全二冊 — アーヴィング 齊藤昇訳
- アルハンブラ物語 全二冊 — アーヴィング 平沼孝之訳
- ウォルター・スコット邸訪問記 — アーヴィング 齊藤昇訳
- ブレイスブリッジ邸 — アーヴィング 齊藤昇訳
- エマソン論文集 全二冊 — エマソン 酒本雅之訳
- 完訳 緋文字 — ホーソーン 八木敏雄訳
- 黒猫・モルグ街の殺人事件 他五篇 — ポオ 中野好夫訳
- 対訳 ポー詩集 —アメリカ詩人選(1) — 加島祥造編
- 黄金虫・アッシャー家の崩壊 他九篇 — ポオ 八木敏雄訳
- ポオ評論集 — 八木敏雄編訳
- 森の生活 (ウォールデン) 全二冊 — ソロー 飯田実訳
- 市民の反抗 他五篇 — H・D・ソロー 飯田実訳
- 白鯨 全三冊 — メルヴィル 八木敏雄訳
- ビリー・バッド — メルヴィル 坂下昇訳
- ホイットマン自選日記 全二冊 — 杉木喬訳
- 対訳 ホイットマン詩集 —アメリカ詩人選(2) — 木島始編
- 対訳 ディキンソン詩集 —アメリカ詩人選(3) — 亀井俊介編
- 不思議な少年 — マーク・トウェイン 中野好夫訳
- 王子と乞食 — マーク・トウェーン 村岡花子訳
- 人間とは何か — マーク・トウェイン 中野好夫訳
- ハックルベリー・フィンの冒険 全二冊 — マーク・トウェイン 西田実訳
- いのちの半ばに — ビアス 西川正身訳
- 新編 悪魔の辞典 — ビアス 西川正身編訳
- ビアス短篇集 — 大津栄一郎編訳
- ねじの回転 デイジー・ミラー — ヘンリー・ジェイムズ 行方昭夫訳
- ワシントン・スクエア — ヘンリー・ジェイムズ 河島弘美訳
- ノリス 死の谷 マクティーグ 全二冊 — 石田英二 井上宗次訳
- シスター・キャリー 全二冊 — ドライサー 村山淳彦訳
- 響きと怒り 全二冊 — フォークナー 平石貴樹 新納卓也訳
- アブサロム、アブサロム! 全二冊 — フォークナー 藤平育子訳
- 八月の光 全二冊 — フォークナー 諏訪部浩一訳
- 武器よさらば 全二冊 — ヘミングウェイ 谷口陸男訳
- オー・ヘンリー傑作選 — 大津栄一郎訳
- アメリカ名詩選 — 亀井俊介 川本皓嗣編
- 魔法の樽 他十二篇 — マラマッド 阿部公彦訳
- 青白い炎 — ナボコフ 富士川義之訳
- 風と共に去りぬ 全六冊 — マーガレット・ミッチェル 荒このみ訳
- 対訳 フロスト詩集 —アメリカ詩人選(4) — 川本皓嗣編
- とんがりモミの木の郷 他五篇 — セアラ・オーン・ジュエット 河島弘美訳
- 無垢の時代 — イーディス・ウォートン 河島弘美訳
- 暗闇に戯れて —白さと文学的想像力 — トニ・モリスン 都甲幸治訳

《ドイツ文学》〔赤〕

ニーベルンゲンの歌 全二冊　相良守峯訳

若きウェルテルの悩み　ゲーテ　竹山道雄訳

ヴィルヘルム・マイスターの修業時代 全三冊　ゲーテ　山崎章甫訳

イタリア紀行 全三冊　ゲーテ　相良守峯訳

ファウスト 全二冊　ゲーテ　相良守峯訳

ゲーテとの対話 全三冊　エッカーマン　山下肇訳

スペインの太子 ドン・カルロス　シルレル　佐藤通次訳

ヒュペーリオン ―希臘の世捨人　ヘルデルリーン　渡辺格司訳

青い花　ノヴァーリス　青山隆夫訳

夜の讃歌・サイスの弟子たち 他一篇　ノヴァーリス　今泉文子訳

完訳 グリム童話集 全五冊　金田鬼一訳

黄金の壺　ホフマン　神品芳夫訳

ホフマン短篇集　池内紀編訳

ミヒャエル・コールハース チリの地震 他一篇　クライスト　山口裕之訳

影をなくした男　シャミッソー　池内紀訳

流刑の神々・精霊物語　ハイネ　小沢俊夫訳

ブリギッタ・森の泉 他一篇　シュティフター　宇多五郎　高安国世訳

みずうみ 他四篇　シュトルム　関泰祐訳

沈鐘　ハウプトマン　阿部六郎訳

地霊・パンドラの箱 ルル二部作　F・ヴェデキント　岩淵達治訳

春のめざめ　F・ヴェデキント　酒寄進一訳

花・死人に口なし 他七篇　シュニッツラー　番匠谷英一　山本有三訳

ゲオルゲ詩集　手塚富雄訳

リルケ詩集　高安国世訳

ドゥイノの悲歌　リルケ　手塚富雄訳

ブッデンブローク家の人びと 全三冊　トーマス・マン　望月市恵訳

魔の山 全二冊　トーマス・マン　関泰祐　望月市恵訳

トニオ・クレエゲル　トオマス・マン　実吉捷郎訳

ヴェニスに死す　トオマス・マン　実吉捷郎訳

講演集 ドイツとドイツ人 他五篇　トーマス・マン　青木順三訳

講演集 リヒアルト・ヴァーグナーの苦悩と偉大 他一篇　トーマス・マン　青木順三訳

車輪の下　ヘルマン・ヘッセ　実吉捷郎訳

デミアン　ヘルマン・ヘッセ　実吉捷郎訳

シッダルタ　ヘッセ　手塚富雄訳

幼年時代　カロッサ　斎藤栄治訳

ジョゼフ・フーシェ ―ある政治的人間の肖像　シュテファン・ツワイク　高橋禎二　秋山英夫訳

変身・断食芸人　カフカ　山下肇　山下萬里訳

審判　カフカ　辻瑆訳

カフカ短篇集　池内紀編訳

カフカ寓話集　池内紀編訳

ドイツ炉辺ばなし集 ―カレンダーゲシヒテン　ヘーベル　木下康光編訳

ウィーン世紀末文学選　池内紀編訳

ティル・オイレンシュピーゲルの愉快ないたずら　阿部謹也訳

チャンドス卿の手紙 他十篇　ホフマンスタール　檜山哲彦訳

ホフマンスタール詩集　川村二郎訳

インド紀行 全二冊　ボンゼルス　実吉捷郎訳

ドイツ名詩選　生野幸吉　檜山哲彦編

聖なる酔っぱらいの伝説 他四篇　ヨーゼフ・ロート　池内紀訳

ラデツキー行進曲 全二冊　ヨーゼフ・ロート　平田達治訳

ボードレール 他五篇 ―ベンヤミンの仕事2　ベンヤミン　野村修編訳

パサージュ論 全五冊　ヴァルター・ベンヤミン　今村仁司・三島憲一・大貫敦子・高橋順一・塚原史・細見和之・村岡晋一・山本尤・横張誠・與謝野文子・吉村和明訳
ジャクリーヌと日本人　ヤーコプ　相良守峯訳
ヴォイツェク ダントンの死 レンツ　ビューヒナー　岩淵達治訳
人生処方詩集　エーリヒ・ケストナー　小松太郎訳
終戦日記一九四五　エーリヒ・ケストナー　酒寄進一訳
独裁者の学校　エーリヒ・ケストナー　酒寄進一訳
第七の十字架 全二冊　アンナ・ゼーガース　山下肇・新村浩訳

《フランス文学》〔赤〕

ラブレー第一之書 ガルガンチュワ物語　渡辺一夫訳
ラブレー第二之書 パンタグリュエル物語　渡辺一夫訳
ラブレー第三之書 パンタグリュエル物語　渡辺一夫訳
ラブレー第四之書 パンタグリュエル物語　渡辺一夫訳
ラブレー第五之書 パンタグリュエル物語　渡辺一夫訳
エセー 全六冊　モンテーニュ　原二郎訳
ラ・ロシュフコー箴言集　二宮フサ訳
ブリタニキュス ベレニス　ラシーヌ　渡辺守章訳
いやいやながら医者にされ　モリエール　鈴木力衛訳
守銭奴　モリエール　鈴木力衛訳
完訳ペロー童話集　新倉朗子訳
ラ・フォンテーヌ寓話 全二冊　ラ・フォンテーヌ　今野一雄訳
カンディード 他五篇　ヴォルテール　植田祐次訳
哲学書簡　ヴォルテール　林達夫訳
ルイ十四世の世紀 全四冊　ヴォルテール　丸山熊雄訳
美味礼讃 全二冊　ブリア-サヴァラン　関根秀雄・戸部松実訳

近代人の自由と古代人の自由・征服の精神と簒奪 他一篇　コンスタン　堤林剣・堤林恵訳
恋愛論 全二冊　スタンダール　杉本圭子訳
赤と黒 全二冊　スタンダール　桑原武夫・生島遼一訳
艶笑滑稽譚 全三冊　バルザック　石井晴一訳
レ・ミゼラブル 全四冊　ユーゴー　豊島与志雄訳
ライン河幻想紀行　ユーゴー　榊原晃三編訳
ノートル＝ダム・ド・パリ 全二冊　ユーゴー　辻昶・松下和則訳
モンテ・クリスト伯 全七冊　アレクサンドル・デュマ　山内義雄訳
三銃士 全二冊　デュマ　生島遼一訳
カルメン　メリメ　杉捷夫訳
愛の妖精（プチット・ファデット）　ジョルジュ・サンド　宮崎嶺雄訳
ボードレール 悪の華　鈴木信太郎訳
ボヴァリー夫人 全二冊　フローベール　伊吹武彦訳
感情教育 全二冊　フローベール　生島遼一訳
紋切型辞典　フローベール　小倉孝誠訳
サラムボー 全二冊　フローベール　中條屋進訳
未来のイヴ 全二冊　ヴィリエ・ド・リラダン　渡辺一夫訳

風車小屋だより　ドーデー／桜田佐訳
サフォ　パリ風俗　ドーデ／朝倉季雄訳
プチ・ショーズ　—ある少年の物語　ドーデ／原千代海訳
テレーズ・ラカン　全二冊　エミール・ゾラ／小林正訳
ジェルミナール　全三冊　エミール・ゾラ／安士正夫訳
獣人　全二冊　エミール・ゾラ／川口篤訳
氷島の漁夫　ピエール・ロチ／吉氷清訳
マラルメ詩集　渡辺守章訳
脂肪のかたまり　モーパッサン／高山鉄男訳
メゾンテリエ　他三篇　モーパッサン／河盛好蔵訳
モーパッサン短篇選　高山鉄男編訳
わたしたちの心　モーパッサン／笠間直穂子訳
地獄の季節　ランボオ／小林秀雄訳
対訳ランボー詩集　—フランス詩人選(1)　中地義和編
にんじん　ルナアル／岸田国士訳
ジャン・クリストフ　全四冊　ロマン・ローラン／豊島与志雄訳
ベートーヴェンの生涯　ロマン・ロラン／片山敏彦訳

ミレー　ロマン・ロラン／蛯原徳夫訳
狭き門　アンドレ・ジイド／川口篤訳
法王庁の抜け穴　アンドレ・ジイド／石川淳訳
モンテーニュ論　アンドレ・ジイド／渡辺一夫訳
ヴァレリー詩集　ポール・ヴァレリー／鈴木信太郎訳
ムッシュー・テスト　ポール・ヴァレリー／清水徹訳
エウパリノス・魂と舞踏・樹についての対話　ポール・ヴァレリー／清水徹訳
精神の危機　他十五篇　ポール・ヴァレリー／恒川邦夫訳
ドガ ダンス デッサン　ポール・ヴァレリー／塚本昌則訳
シラノ・ド・ベルジュラック　ロスタン／辰野隆・鈴木信太郎訳
海の沈黙・星への歩み　ヴェルコール／河野與一・加藤周一訳
地底旅行　ジュール・ヴェルヌ／朝比奈弘治訳
八十日間世界一周　ジュール・ヴェルヌ／鈴木啓二訳
海底二万里　全二冊　ジュール・ヴェルヌ／朝比奈美知子訳
火の娘たち　ネルヴァル／野崎歓訳
パリの夜　—革命下の民衆　レチフ・ド・ラ・ブルトンヌ／植田祐次編訳
シェリ　コレット／工藤庸子訳

シェリの最後　コレット／工藤庸子訳
生きている過去　レニエ／窪田般彌訳
シュルレアリスム宣言・溶ける魚　アンドレ・ブルトン／巖谷國士訳
ナジャ　アンドレ・ブルトン／巖谷國士訳
ジュスチーヌまたは美徳の不幸　サド／植田祐次訳
とどめの一撃　ユルスナール／岩崎力訳
フランス名詩選　安藤元雄・入沢康夫・渋沢孝輔編
繻子の靴　全二冊　ポール・クローデル／渡辺守章訳
A・O・バルナブース全集　全二冊　ヴァレリー・ラルボー／岩崎力訳
心変わり　ミシェル・ビュトール／清水徹訳
悪魔祓い　ル・クレジオ／高山鉄男訳
失われた時を求めて　全十四冊　プルースト／吉川一義訳
子ども　全二冊　ジュール・ヴァレス／朝比奈弘治訳
星の王子さま　サン＝テグジュペリ／内藤濯訳
プレヴェール詩集　小笠原豊樹訳
ペスト　カミュ／三野博司訳
サラゴサ手稿　全三冊　ヤン・ポトツキ／畑浩一郎訳

岩波文庫の最新刊

ライプニッツ著／佐々木能章訳

形而上学叙説 他五篇

中期の代表作『形而上学叙説』をはじめ、アルノー宛書簡などを収録。後年の「モナド」や「予定調和」の萌芽をここに見る。七五年ぶりの新訳。

〔青六一六-三〕 定価一二七六円

ルートヴィヒ・ボルツマン著／稲葉肇訳

気体論講義（下）

気体は熱力学に支配され、分子は力学に支配される。下巻においてボルツマンは、二つの力学を関係づけ、統計力学の理論的な基礎づけも試みる。（全二冊）

〔青九五九-二〕 定価一四三〇円

若松英輔編

八木重吉詩集

近代詩の彗星、八木重吉（一八九八―一九二七）。生への愛しみとかなしみに満ちた詩篇を、『秋の瞳』『貧しき信徒』、残された「詩稿」「訳詩」から精選。

〔緑二三六-一〕 定価一一五五円

ゲルツェン著／金子幸彦・長縄光男訳

過去と思索（六）

亡命先のロンドンから自身の雑誌《北極星》や新聞《コロコル》を通じて、「自由な言葉」をロシアに届けるゲルツェン。人生の絶頂期を迎える。（全七冊）

〔青N六一〇-七〕 定価一五〇七円

……今月の重版再開……

ゴーゴリ作／平井肇・横田瑞穂訳

死せる魂（上）（中）（下）

〔赤六〇五-四～六〕 定価(上)八五八、(中)七九二、(下)八五八円

定価は消費税10％込です　2025.2

岩波文庫の最新刊

坂元ひろ子・高柳信夫監訳

厳復 **天演論**

清末の思想家・厳復による翻訳書。そこで示された進化の原理、生存競争と淘汰の過程は、日清戦争敗北後の中国知識人たちに圧倒的な影響力をもった。

〔青二三五-一〕 定価一二一〇円

フリードリヒ・シュレーゲル／武田利勝訳

断章集

「イロニー」「反省」等により既存の価値観を打破し、「共同哲学」の樹立を試みる断章群は、ロマン派のマニフェストとして、近代の批評的精神の幕開けを告げる。

〔赤四七六-一〕 定価一一五五円

永井荷風著／中島国彦・多田蔵人校注

断腸亭日乗㈢ 昭和四―七年

永井荷風は、死の前日まで四十一年間、日記『断腸亭日乗』を書き続けた。㈢は、昭和四年から七年まで。昭和初期の東京を描く。（注解・解説＝多田蔵人）（全九冊）

〔緑四二-一六〕 定価一二六五円

太宰治作／安藤宏編

十二月八日・苦悩の年鑑 他十二篇

第二次世界大戦敗戦前後の混乱期、作家はいかに時代と向き合ったか。昭和一七―二一（一九四二―四六）年発表の一四篇を収める。（注＝斎藤理生、解説＝安藤宏）

〔緑九〇-一二〕 定価一〇〇一円

……今月の重版再開……

忍足欣四郎訳

中世イギリス英雄叙事詩 **ベーオウルフ**

〔赤二七五-一〕 定価一二二一円

プルタルコス／柳沼重剛訳

エジプト神イシスとオシリスの伝説について

〔青六六四-五〕 定価一〇〇一円